陈家桥 著　YIZHI XIANG NANFANG ZOUQU

一直向南方走去

时代出版传媒股份有限公司
安徽文艺出版社

图书在版编目（CIP）数据

一直向南方走去 / 陈家桥著. -- 合肥：安徽文艺出版社，2025.2

ISBN 978-7-5396-8044-6

Ⅰ．①一… Ⅱ．①陈… Ⅲ．①长篇小说－中国－当代 Ⅳ．①I247.5

中国国家版本馆 CIP 数据核字(2024)第 056963 号

出 版 人：姚 巍
责任编辑：张妍妍　　　　　　　　装帧设计：马德龙

出版发行：安徽文艺出版社　www.awpub.com
地　　址：合肥市翡翠路 1118 号　邮政编码：230071
营 销 部：(0551)63533889
印　　制：安徽新华印刷股份有限公司 (0551)65859551

开本：700×1000　1/16　印张：19.25　字数：220 千字
版次：2025 年 2 月第 1 版
印次：2025 年 2 月第 1 次印刷
定价：68.00 元

（如发现印装质量问题，影响阅读，请与出版社联系调换）

版权所有，侵权必究

目 录

1　程军／001

2　夏琳／004

3　钢丝头／009

4　程军／012

5　汪丽／017

6　夏琳／023

7　喜仁／027

8　钢丝头／032

9　程军／037

10　任广明／041

11　汪丽／045

12　苏孙／049

13　夏琳／052

14　高同／057

15　任广明／063

16 钢丝头／067

17 钢丝头／072

18 任广明／076

19 任广明／081

20 可亲／085

21 苏孙／089

22 小叶／093

23 汪丽／099

24 李婉／105

25 小红／110

26 任广明／114

27 香玲／119

28 夏琳／124

29 任广明／127

30 小红／132

31 汪丽／137

32 小廖／141

33 喜仁／144

34 任广明／147

35 程军／150

36 程军／154

37 任广明／159

38 夏琳／164

39 高同 / 167

40 钢丝头 / 170

41 任广明 / 175

42 小叶 / 179

43 夏琳 / 184

44 小红 / 189

45 小叶 / 192

46 邱贵 / 196

47 邱贵 / 200

48 钢丝头 / 206

49 小叶 / 211

50 高同 / 215

51 特派员 / 219

52 夏琳 / 223

53 高同 / 229

54 程军 / 235

55 钢丝头 / 240

56 胡进 / 244

57 小叶 / 248

58 任广明 / 252

59 胡进 / 254

60 胡进 / 261

61 高同 / 265

62　夏琳／274

63　任广明／278

64　程军／282

65　秦文／286

66　小红／292

67　小红／297

68　汪丽／300

1　程军

医院的建筑谈不上宏伟,但很有厚重感。你从很远的地方看到它,只会以为是个碉堡样的东西,一旦进来了,你才意识到它的庞大。程军之所以有这个印象,并不是因为害怕住进医院,而是以为医院只有特别复杂和幽深,才能更好地把病人遮掩在其中。

在他住的十楼,最西头的走廊尽头,可以看见楼下有一所橙黄色的中学,操场和教学楼都是这种颜色。为了在走廊尽头寻找更稳定的手机信号,他时常在去走廊西头打电话时看到这所学校。

她叫夏琳。

她初看起来就很好看,后来他发现她不仅好看,而且有一种奇特的难以说清的可人之处。

她问他的名字。

程军。他答道。

你这名字也太普通了。她说。

他不喜欢别人这样讲。她马上解释,只是叫这种名字的人很多。

姓程,带一个单字,军。他说。

她没大听得懂他的话。他的意思是,我这个名字就是我一个人的，我不管别人是否也叫这个名字。

他看到在墙上挂着的牌子里，护士那一栏，有她的名字。

你不也叫一个很俗的名字吗？他问。

她在弄输液用的悬杆。

他住中间那张床，床的对面就是饮水机，还有一共六只能打开木门的嵌在墙里的柜子。

夏琳给他讲了住院的一些事情。她说，在医院里要服从安排，这是对大家都有好处的事情。要是不听话，不仅对治病没有好处，而且还会给别人带来麻烦。

他知道她指的是医院的管理。

夏琳动作很麻利，很奇怪的是，有时她会突然慢下来，好像有一些心事，但是她又会很轻地从那种状态中跳出来。她很美，这个不用说，但你很难从外表看出她的胖瘦，这就有点费解了。

你的家人呢？夏琳问。

他说，我又不是病得很重，不需要吧。

这可不行，你们这种病人必须要有人陪护。夏琳说。

他说，如果确实需要，我再把家人叫来，但目前我没有人陪。

夏琳把他的被子向床角那儿拉了拉，他发现她有点慵懒，这个发现让他有些不愉快，他希望她有轻灵的一面。

你看起来确实不算病得重。夏琳说。

夏琳和他一起扭头向他左边那张床看去，病人已经拄拐杖到外边训练去了，剩下一个看不出年龄的女人坐在那儿嚼馒头，后来他知道那是病人的妻子。病人有严重的后遗症，行走有困难，所以需要物理康复。

夏琳让他也要多走动走动,这样会好一些。

他问她,在楼下是不是可以买到饭盒?

夏琳说,楼下超市应该有,但有些病人买了,说不锈钢饭盒劣质,含铅,用抹布洗饭盒,抹布都是黑的。

那买塑料的?他问。

夏琳点点头。

在他右边的病床,住着一个浙江人。这是外地人,这人在和他的家人一起吃苹果,也许他们听得见他和夏琳的对话,也许听不见,谁知道呢?

夏琳是他们这个病房的主管护士。夏琳在他的床头柜上发现了他看的书。

她问,你怎么看这么厚的书?

他说,反正没事。

她说,少看书,你们这种病人不能多看书。

他想她讲得有道理,但是她的反应让他不是那么舒服,她总是在提醒他"这种病人"。

但她跟他产生的熟悉感让他意识到,他必须十分在意她讲的每一句话,只有这样才表示,至少他是看重这个女人的。

当然,也许还不能称她为女人,叫她女孩也是合适的。

有一次,他发现她穿着那种很短的裙子,因为天气太热的缘故,她上身是一件白T恤。不过这已经是几天之后的事了。他看见她时,她正在等电梯,那次她没有看到他注意到她穿了这样一身衣服。

2　夏琳

护士站是粉色的,只是柜面和一些桌子反而被刷成了天蓝色,跟以前见过的大部分医院的那种非常土的酱黄是有明显不同的。

程军到护士站,看到放在柜面上的那种颜色特别肉感的脑部的血管构造图,看得他心惊肉跳。他觉得奇怪的是,住在这层病房的女病人居然也很多,刚才他就见到一个扎马尾辫的女人在走廊里哭,大约是她的家人在那反复地劝她,让她想开一点。

夏琳从东头回来,手里抱着一大盒材料。

都是些什么东西?他问。

就是一些病历档案。夏琳说。

要我帮忙吗?程军问。

不用,哪敢烦扰病人啊。夏琳说。

请你不要把我当病人,好不好?他说。

好吧,如果这样你会舒服些,我就不称你为病人了。夏琳说。

夏琳把材料放到柜子里,然后在那个水池里按下医用消毒剂,洗了洗手。之后,她又从自己的包里掏出一瓶东西,用手抠了一点儿,在手背上抹了抹。他注意到,她还是很讲究的。

其实，我也不是很在意自己是不是病人。程军说。

这个怎么说呢？还是在意一点的好，不然，太松弛了，对治病也不利。夏琳说。

夏琳声音不大，但能听出来，她已经努力在加大音量。

在护士站的左右，都有一个转角，从那可以到达后边的大办公室，那里是医生和护士们一起开会的地方。

程军见夏琳通过左边那个转角到大办公室去了一趟，不一会儿，她又从那里出来了。

程军说，昨晚，你们那个医生对35床态度不太好。

夏琳问，怎么了？

程军说，他们是办了出院手续的，但是，人家腿不好，夜里去火车站不方便。再说，新病人昨夜又没到，怎么就不能多住一晚呢？

夏琳翻了翻一个本子，不知道她是找昨晚那个医生的名字还是在找35床病人的名字。

程军摆了摆手说，唉，反正怪可怜的。

夏琳翻了翻眼睛，这让他感到她倒是很可爱的。她说，你还挺有爱心。

不过，我知道你是做什么的了。她又补充说。

说说看，我是做什么的。他说。

哎，写书啊。夏琳说。

他扑哧一笑，不为别的，只是有点尴尬，因为别人还是认出了他，至于怎么认出的，他也不管了。

夏琳说，在医院里，管理是一回事，心肠软不软是另一回事。病人出院就得走人,不然医院没法管理。

他喝了口茶,茶叶塞到牙缝里,他到卫生间去了一趟,然后再回来时,夏琳在椅子上坐着,用一把小锉子在修她的指甲,指甲油是深色的,他很想问一问,护士能涂指甲油吗?

不过他没有问出来,因为那个叫吴波的医生从里面的办公室走出来了。

感觉怎么样?吴医生问程军。

就是有点晕。程军说。

这跟你的职业有关系。医生说。看来大家都知道他的职业。

医生说,不能老是保持同一个姿势,这样时间久了,会非常影响脑部的血液循环的。

他对这个很强壮而且看上去根本不像医生的吴医生其实是有点瞧不上的,他觉得这个人讲话没有什么实质性的东西。

吴波从他身边走过,然后特意停了一小下,有点怪异地说,少在走廊里晃荡,还是下楼到大院里走一走好。

他有点想发火,但他控制住了。

他住进来时,收他的那个主任叫任明山,现在还没有见上面。那是省医的一个权威,是"神内"的大主任。至于这个吴医生,只是一个住院医生。而刚入院时,给他做病情记录的那个像实习生一样的年轻医生,居然在第一天给他开了输液的单子,他很吃惊,一个这样年轻的医生居然会开这么重要的输液清单。

他把这个疑问抛给了夏琳。

夏琳说,都差不多,没事的,都是输那么几样的,长春西汀、参芎等。没问题,谁开都是一样的。

程军当然不明白。夏琳又去弄她的指甲了。夏琳抬眼看了他一下,然后低头轻轻地笑说,你还不错!不像别人,你还行。

他不明白,她说的他还行指的是什么意思。

我这人就这样。他说。

刚才吴波讲得对,不能老是看书写字,跟你讲,我们这里住过好几个省棋院的,下棋的,懂吗?也是供血问题。夏琳说。

他们那是费脑筋。程军说。这时他猛然有一种想吸烟的冲动。

不是那回事,就是在那儿老是不动。夏琳指了指头。他才发现她的头发扎了个发髻,留在后边。她的脸很细削,但不知为什么,同时又有一种非常匀称的肉感,就那么一点点,让人感觉到她也是肉肉的。

我倒是有个下彩棋的朋友,确实听讲过,也是头昏。程军说。

什么叫彩棋啊?她问。

就是带点赌博的意思,有输赢的。他说。

你还有朋友干这个啊。夏琳说。

也就是玩玩。他说。

你朋友多吗?她问。

怎么说呢?还行吧。程军说。不过他意识到他住院以来,还没有让别人来看他,好像他很孤单似的。

朋友多好。她说。

你呢?你们在医院里,认识的人肯定很多吧?那么多病人,都在你们手下被你们望闻问切,人不少吧?都怕你们吧?程军说。

你这怎么说的,我的事又是另一回事。她忽然声音小下去。她声音一小下去,他就感到她这个人跟别人不一样,她有一种奇特的温顺,但他又发现,她的温顺是有特殊的定力在里边的。

别在医院里谈到那么多病人。夏琳说。

其实现在他倒很想知道她平时的生活,他发现他对她有兴趣了。不过这时他考虑的是,其实只要条件允许,他对每个女人都可以产生兴趣。事情的决定权在于女方,如果对方对他没兴趣,那他也就没兴趣。而这个夏琳,他发现她对自己是不反感的,这是一个很好的开始。

3　钢丝头

钢丝头拿着程军的 CT(计算机层析成像)片子,朝着窗户那个方向,在认真地寻找血管以及四周的线索。当然,程军根本看不懂。在 CT 的报告单上明明写着情况基本正常,不过从 CT 片子上并不能看出血管是否有梗塞。

程军问钢丝头医生,血管有问题吗?

钢丝头说,目前看,没有破,只能看到这一点。没有破,也就是说没有发生脑溢血。

他这是第三次见钢丝头医生,这个医生因为烫着略微弯曲的栗色的卷发,而且又因为拉直过,所以头发像钢丝一样。他听到别人这么称呼这个人,他也就觉得她很像。钢丝头是名博士,不过她的资历比住院医生吴波还要浅一点。但听她讲话,他知道她是有水平的。

第二次见她,她让他马上做 CT。他问她做 CT 是不是对身体有辐射。她说,CT 的辐射是很微弱的。

钢丝头放下片子,拢了拢头发,让他坐下去。

他坐下去,并且拿了杯水。

她向输液的悬杆看了一眼,之前因为是否拍 CT 的问题跟他有过交流,她大概看出来他是有点脾气的,所以倒是稍稍小心了些。

钢丝头说,你要放松一点。

我真没当回事。程军说。

这跟你当不当回事是两个事情,我是说,不要对检查啊,还有一些必要的东西,保持那种警戒的样子。

我至于吗?他又喝了口水。

我知道你想得很多。钢丝头补充说。

他心想,即使自己想得多,也是正常的,因为头昏得厉害,而他还没到那种可以对头昏置之不理的年龄,怎么可能没有想法呢?

钢丝头又问,你的家人呢?

他说,现在还没有让他们来陪。

钢丝头说,最好还是有人陪。

那过几天再说吧。他说。

也许是因为害怕他再抵触她开出的检查单,这一次,她已经在医生办公室把检查单开好了,这时只是递给他。她说,你要做一下核磁共振,这样能看出有没有大的梗塞。

我就是头昏,非得这样做检查吗?他问。

当然,这是必须的,因为只有做了核磁共振才能看出你是否有大的梗塞。钢丝头说。

我没有想到会是这样的。程军说。

即使做了核磁共振,也未必就一定能查清。这么讲吧,即使有了一些细微的梗塞,仍然是看不出来的,所以医学上没有百分之百的明确性。在脑梗这个问题上,还要看临床表现。钢丝头双手交叉,放在白大褂前。

他看见这个女人身体有一点发胖,虽然是个博士,但仍然显得年轻,一看就是一个很能干的人。他知道他们把他当成一个特殊的病人,因为他不是那么好配合的一个人。

钢丝头对窗户那边看了看,接着说,如果你自己去做核磁共振不方便的话,你可以让一名护士陪你去。

程军说,那倒没必要,我自己能走。

那就好。她说。

她又说,既然已经住进来了,你就一切按医院的要求来做吧,这对你只有好处。

他认为,自己和这样的女医生是很难沟通的,因为她有自己的一套非常完整的医疗观,而且看她那样子,他就知道她是一个非常有主见的人。

我想问一下,这个长春西汀是干什么的?程军问。他拿起床头柜上他撕下来的那一小段输液的纸条。

她拿过来,随手把这小纸片揉成一团。她说,以后你不能把输液瓶上的纸片扯下来,这是违反规定的。长春西汀是通血的,就是让血管软化,你明白吗?这是针对你的病症的。

他心想,我的血管真的有那么硬吗?他对这个问题感到有点好笑。当然,他很快否定了自己的这个想法,他发现在钢丝头这儿,自己没有什么优势,因为这是一个很现实的医生。

4　程军

　　钢丝头和吴波都建议他有空到楼下去走走,那儿有一座小花园,但他不大愿意自己一个人下去。现在他没有陪护,家里人也没有来,所以他是最闷的一个人,难怪医生都建议他下楼去。也许别人真是看出来他也有精神很紧张的一面。

　　天气有点热。

　　夏琳拔掉了他的针头,她声音很微弱,而且有点沙哑。她说,也许他可以下去走走。

　　他很愿意听夏琳的话,但是,他不大好张口,讲他没有人陪,自己懒得下去的话。

　　夏琳在护士站那儿玩她的手机。夏琳的护理水平虽然谈不上多么出色,但是,她的业务能力还是好的。

　　他走到护士站。在护士站左边有一间配药的小房间,那里光线柔和,而且有一股很好闻的药水味。

　　夏琳见他过来了,也没有感到意外,她只是问,感觉好些了没有?

　　他说,还行。

　　夏琳站起来,朝东头那儿看,并且示意程军也留意一下那个方向。

原来那里有四五个病人都在拄着拐或者是扶着墙练习走路。他知道如果自己血管梗塞加重的话，也会像他们那样，出现行走上的困难。

如果这时夏琳说点别的，他会轻松一点，但夏琳没有。夏琳说，你别看书了啊。

他知道夏琳在他吊水的时候就多次批评过他，说他输液的时候看书是不对的。

她说，这对循环很不好。她指了指侧前方墙上贴着的注意事项，里边有很重要的一条，就是禁止长时期保持同一种姿势。

好吧，我只能说尽量少看一点。程军说。

不过，我倒是想问你一句，《采薇》真的那么好吗？夏琳问。

什么《采薇》？他问。

就是鲁迅的《故事新编》吧，里边有篇《采薇》。她说。

他愣了一下，他实在没有想到，夏琳问了这么一个非常具体的问题。他想了想说，你没看过吗？

夏琳说，我爸爸以前跟我讲，鲁迅的《故事新编》是个好东西。

你爸爸？他问。

夏琳说，是啊，我爸爸那时老说，鲁迅的东西写得好。你也是个写东西的，你觉得怎么样？

他没法马上回答，因为他感到在护士站这儿，气氛有点不对了，他倒是对她爸爸马上有了兴趣。

你爸爸是做什么的？他问。

没什么，我爸爸在扬州呢，我老家是扬州的。她说。不过，我已经离开那儿很长时间了。她又补充说。

扬州我去过,但不知为什么,瘦西湖给我一种蒙上灰尘的感觉。程军说。

这个说法有点奇怪,但是,他马上意识到这样讲她的老家是有点不礼貌的。

你爸爸有眼力啊。程军说。

夏琳站了起来,他看到她涂着红黑色的指甲油,她把手机向工作服口袋里放时,指尖闪着一种奇特的幽幽的暗光。

我们到花园去。夏琳说。

他转过身,她要到更里边的一个房间去换衣服,已经到了下班的时间。走廊里送饭的餐车被推过来了,各个病房里都传出了盆勺的碰击声。

她穿了一件连衣裙,裙摆有一点设计感,颜色是深紫色的,偏一点褐。他知道她很好看,其实她换掉衣服,根本就不像一个护士。

他们从电梯下去。她的小挎包,也很精致。

因为是吃饭时间,所以小花园里人不多,他们俩坐在木椅上。

夏琳说,你还没讲《采薇》呢。

你真的听吗?他问。

夏琳说,不然我怎么问你啊?

可你之前还不让我看书呢。程军说。

现在我是问你啊,因为你懂得多啊。夏琳说。

不过程军听她的口气,知道她有一点点讽刺的意思,心想她肚子里本身是有答案的。

你爸爸看鲁迅的书,这个很不错。程军说。

这没什么,他那个年代,谁不读鲁迅呢?夏琳有点尖刻地说。

这个倒也未必。程军说。

她站起来,伸手在耷拉下来的一根盛开有小花的软藤上捏了捏。她的脸有一点细削,他之前也注意到了,其实她有一种细微的肉感。

一朵很慵懒的小花从藤子上落下来,就落在他俩中间的位置,花朵并不小,但一掉到地上,马上就萎掉了,看着让人有点伤感。

为了你的病,你倒真要常下来坐坐,或者走走,这儿环境还不错,但不能是人多的时候。夏琳说。

这么讲吧,他有一些道理。程军说。

你讲谁?夏琳问。

程军说,我是说你爸爸。

我爸爸?只因为他欣赏鲁迅?夏琳问。

不单单是这样,我是说鲁迅的《采薇》有一点意思,但说实话,我没觉得有那么好。程军说。

也许是因为他的话非常刻薄地提到了他对她爸爸的某种不敬,尽管他掩得有点深,但夏琳明明是听出来了,所以她马上脸色一变。她很难掩饰她的这种情绪,她说,因为你读的书多,你又是写书的,所以我才问你,不过你用不着对一个过去的人那样讲。

你爸爸他……他问。

他已经过世了。夏琳说。

他当然意识到他讲话有点失态了,但是,他也不打算收回自己的话。

夏琳说,你赶紧上去吧。晚上的药吃了吗?

程军想起晚上的药还没有吃。他问,你呢?晚上做什么?

夏琳说,我晚上不过是休息而已。

5　汪丽

汪丽出事了。据说她的尸体是在铁道线附近被找到的。考虑到刑侦工作的保密需要,警方并未向社会披露案件的细节。接手这件省里督办的重大案子的警官任广明,最近压力很大。

他起初不准备去找程军谈,因为凡事有个排序,在这样的排查过程中,如果一味把所有人都罗列进去,无疑是不现实的,那么汪丽跟程军的关系到底有多紧密呢?

汪丽是汪顺义的第二个女儿。

而汪顺义是程军在住院期间同病房的病友。汪顺义已经八十多岁了,汪丽才四十二岁,跟程军年纪相仿。

任广明来找程军谈话的时候,程军并没有感到意外,他知道找他的理由,必然跟住院有关,而他本人正是在医院里跟汪丽认识的。

任广明很客气,他在一个茶室里跟程军见的面,因为他并不确定要从程军这里了解什么,所以很客气地跟程军讲,只是了解一般的情况。

程军说,我跟汪丽认识的过程,没有什么特别的。

那时距她父亲入院有多久呢?任广明问。

我想想。程军说。

这样吧,你不如就讲讲汪顺义住进来时的情况吧,从头讲。任广明说。

那是黄昏吧,一个老头子,头发有些花白,从大病房移进来。因为个子很高,所以起初我对他的印象并不好。程军说。

任警官看了看四周,都是一些打牌的人,气氛很不好。任广明边上坐着助手小廖。

老头子病得很重吗?任广明问。

那时候看不出来,只是感觉他有点紧张,我记得他在门外边问过我,说那个弱电井,是什么意思。程军说。

他关心这个了?任广明问。

后来我才知道他装了心脏起搏器,所以他对电啊什么的,有些担心。程军说。

小廖在本子上记着。

老头子挺有意思的,他住进来时,我左边那床的病人还没有出院,但已经办了出院手续,因为脑血栓后遗症很严重,腿脚不便,夜里赶不上火车,所以就准备在那里多留一晚。夜里一个姓罗的医生和护士长一起来轰病人和病人的家属走。老头子第二天早上还愤愤不平,为那个农村病人讲话。程军说。

这么说,汪顺义住进来那晚,你左边的病人恰好住最后一晚,然后就出院了,对吧?任广明问。

程军掏出烟,但没有点。任广明掏出打火机想帮他点上。程军推了推他的手,对他说,谢谢,我还是不抽了,医生不让抽,我们这个病,抽烟是严格禁止的。血管不好,尼古丁是一个很大的致病因素。

任广明笑了笑说,你们病房住的这些病人都是有脑血管疾病的人?

程军点点头。程军说,其实送汪顺义住进来的是汪丽的大姐,叫汪美。汪美和她一个同事一起把老头子从大病房那里送过来的。

先不说汪美,还是说汪丽吧。任广明说。

程军点点头,把香烟在烟灰缸里摁了摁,烟丝从碎烟头里挤出来,小廖看着皱眉头。任广明倒很和气,他鼓励程军,你就把刚见到汪丽的情况说一说。

他见程军顿了一下,又补充说,请你理解,对于汪丽的情况,我对医院里凡是跟她接触过的人都做了调查,当然有些还没有问,不过最终我都要问下来,希望你能理解和配合。

程军喝了口茶,把茶叶梗子吐出来。

程军说,汪美第一次来,我就发现这个女人个子很高,可能遗传了爸爸。当然汪丽个子也很高,但汪丽、汪美也就相差几岁,汪丽却要显得年轻许多。

这似乎不是任广明想要听到的东西,但是这也正是程军所能说的对汪丽的第一印象。

那是老头子住院的第几天?任广明问。

我想想,可能是第三天吧。

怎么第三天才来?任广明问。

这不清楚,因为第一天是大女儿送他来住院的,第二天是汪顺义的两个侄子过来的,这后来就是第三天了,是汪丽来的。老头子也一直称她为汪丽,那两个侄子中的一个叫她姐。程军说。

任警官自己喝了点茶水,又用水瓶给程军加了点水。

任广明问,那你当时跟她讲话没有?怕程军有压力,他调整了一下讲话策略。他说只是随便聊聊。

程军说,没事。但接着他没有讲话,而是看着窗外,他似乎有点情绪。任广明当然看出来了,但没有在这时候追究下去,因为他现在要得到的是这个叫程军的人关于汪丽的这些说法,他试图从中找出某些对他有用的东西。

程军说,那第一次,她是送汤来的,她穿着一件像虎皮一样的衣服。

那是什么衣服?任广明问。

程军怕对方以为这样说会让人以为汪丽穿这样的衣服很难看,所以他强调了一下。他说,真的很好看,就是那种有一些虎纹的暗影的东西,衣服质地很好,一看就知道这个女人很有品位。

任广明认为程军这么说有点过了,其实任广明认为程军应该明白汪丽尸体被发现,以及他现在到这里来调查,这不是一件小事,那程军为什么要讲这么详细呢?

任广明说,请原谅,我想多问一句,你为什么对已经过去了这么长一段时间的事情,也就是汪丽穿什么衣服的细节还记得这么清楚呢?

程军把他的打火机掏出来,在桌上玩弄着。他说,我是个很诚实的人,至少我自己理解起来是这样的,你们来调查汪丽的事,你们也许调查过很多人了,我不知道别人怎么说的,但在我这儿,你们会听到我个人全部的真实情况。

我们不是要听你的情况。任广明说。

对,不是我的,我是说,我知道的关于汪丽的全部情况,明白了吧?程军说。

程军这句话让任广明感到这个人有点不可思议,也可以说超出了他的预判。他现在不想把情况连起来,他就是想从程军本人嘴里知道他能讲些什么,以及他选择讲些什么。但他听出来了,程军会把全部情况都讲出来,这是很仔细的。

程军说,她来送汤,和老爷子一起喝的汤。那时候老爷子的一个侄子,就是从东风厂退休的那个人,也在病房里,这个退休的侄子跟汪丽是堂兄妹,所以也算一大家人吧,气氛很不错。

关于这个侄子,我们有一些了解,但也不多。这样吧,你已经说了你跟汪丽第一次见的情况了,这个对我们也许有点意义,但是还不够,因为这也不算认识吧。

我能问一句吗?程军问。

什么?任广明这时有一点情绪,但他极力控制住了,他觉得面前的这个人远远超出他的预计,他不大清楚这样的调查会走向什么方向,又或者这根本就是一个很难控制的事情。

汪丽的死跟我有什么关系?程军问。

请你不要这样讲,人命关天,不能说跟你有什么关系,我们是在调查,毕竟她到医院来过,而且在医院里你们见过,在她父亲住院期间,她多次来医院,而你也承认,你们认识了。任广明说。

程军接了个电话。他说,对不起,因为你并没有讲明白有什么关系,所以我多少有点愤怒。

我们没看出来你有愤怒。任广明一边说,一边看看小廖。小廖也会意地点了点头。

这样吧,今天就谈到这,换个时间吧,你看我还有事,下次再约个时间谈吧。程军说。

6　夏琳

程军回到新华的时候,夏琳还没有从医院回来。自从夏琳正式住到新华以来,程军就感到一种不适,他以为和这样的女孩子整天在一起,并不是一件好事。

但他又知道,他是很爱她的,这一点他非常明确。作为一个写书的人,有时他能从她那里听到一些特殊的东西,比如她有时会说,你这样没完没了地写下去,到底有什么意思呢?然而,他并没有停下来,尽管他知道他迟早是要停下来的。

夏琳进屋,放好她那个坤包,把手搭在他肩上。她问他,我们出去散步可好?

他说,我看还是先在家歇歇吧。

她说,你的头还昏吗?

他说,已经好多了。

她看出他心思很重的样子,所以她就把他从沙发上拉起来。她说,与其这样,还不如到你父母那儿去,说不定在他们那儿,你胃口反倒要好一些呢。

他们已经好几天没有做饭了。

他让她坐下来。他说,我有事要对你讲。

是好玩的事吗?夏琳问,扑闪着大眼睛。

他说,汪丽的事让我烦。

怎么了,跟你有什么关系啊?夏琳问。

他说,你还不知道吧,有个姓任的警察找我了。

我知道这个人,院里好多人都知道,他在负责这个案子吧。夏琳说。

他看着她柔顺的头发,她的脸似乎能拧出水来。他很想从她脸上挤出这种水来,但奇怪的是,他并不想和她上床,即使和她正在亲热的时候,他觉得除了爱怜,什么感觉也没有。

她从冰箱里拿出几片面包,然后蘸了点果酱,送到他嘴边。他推了推,对她说,你还是自己吃吧。

夏琳说,你不要被那些人乔坏了心情,不过是例行问话,有什么大不了的,这事不算什么。

他俩下了楼,夏琳说不如到蜀山湖那里去散步,这时分,这样僵着总不是事。她不仅反对他看书,反对他保持一种姿势过久,而且常劝他,应该多走走。

他们就朝他父母家走去。

在路上,他就先给他父亲发短信,说,这次来,你们什么也不要说。父亲当然明白,儿子指的是有关喜仁的那件事情。

在他出院之后不久,父亲就出了事。父亲打电话给他,父亲不过是在一个澡堂子泡澡,身上有许多灰。父亲那边出了点事,他被澡堂子的人给扣住了。

这样他才认识的喜仁。

喜仁是个按摩的女孩子,不知什么原因,父亲居然签了一张很大的单子,结账时,发现钱不够。父亲本来以为喜仁可以把单子改掉,但喜仁不愿意改,这样年老的父亲就在澡堂大厅里被扣下了。

等程军赶到时,父亲穿着拖鞋,坐在大厅的扶手椅上,几个保安围着他。而在那个拐角,一个很怪异的叫喜仁的女子正在嗑瓜子。

他交了钱,才把父亲给带出来,他因而认识了喜仁。不过,他到父亲那里去,最怕父亲会提起这个,所以他要发短信提醒父亲,千万不要讲到喜仁。

到了父母那里,老人给他俩熬了点汤。父亲很关心地问起来,最近头昏的情况好透了没有?

程军说,很难好透。

夏琳在边上说,在我们医院,像他这种情况的病人很多,比他严重的人也能正常生活。

程军的母亲见这个女孩子这么说话,她是有气的,但当着程军的面也不好说,只是冷脸对着夏琳。

夏琳跟程军父亲倒是有点投机,她会问他一些很奇怪的问题。比如她就问过程军小时候是不是很爱爬树,程军父亲倒是真的当回事,跟她讲了不少程军小时候的情况,他母亲以为这女孩子多少有点神经质,问这些干什么。

程军妈说,你还是要把生活给搞起来,你们要自己做吃的,不行就请个保姆。

那倒不要。夏琳说。

程军妈妈已经反感到顶点了,但她还是在控制。

母亲对程军说,我跟你讲,你现在的身体不允许你再乱晃了,你跟她不同,人家年轻。母亲当然指的是夏琳。

夏琳看程军妈妈拿她完全不当一回事,她是很生气的,但她也没有什么办法。

她对他父母说,程军现在烦的不是这个。

到底是怎么了?程军父亲问。

程军说,也没有什么,其实一切都还好。

你需要稳定,我是说你们两个。程军爸爸一边说,一边用手指着他和夏琳。

程军心里想,父亲现在很神气,那次跟喜仁搞成那样被扣在澡堂里不也失败吗?不过他知道父亲至少是一个顾场面的人。

东西,我看就不要写了。父亲终于很严厉地说。他这才反应过来,父亲这些天一直催他俩回来吃个饭,其实主要就是为了讲这个。

你写东西干什么?你现在头脑成了这样,你还要写东西,你还要不要命了?父亲说。

夏琳有点含笑的样子,但这一点,两个老人没有看出来,否则他们指不定气成什么样子呢。

当然,恋爱也得正经地谈。父亲这话有点像是逐客令,程军觉得很不体面,只好和夏琳从父母那里走了出来。

7 喜仁

他关闭了手机好几天,这让夏琳非常伤心。当然夏琳并不相信他是要躲着她,或者是他要跟她分手。自从他到省医院来住院和她认识以后,她就知道,他们之间似乎有一种既定的因缘,也就是说她现在也相信他们之间有一种先天的熟悉感。

她跟他讲过,她想从医院里出来。他问过她想去哪,她说她不想再在医院里待下去。他倒是认为其实她的性格还是蛮适合在医院里做护士的。

可我看不上那些人——夏琳有一次很不客气地说。因为他自己也曾经是病人,这么一说他也就成了很没有面子的人。

他说,如果你不在医院,你想去哪?她说,她想待在家里。他不太明白她这是不是有要他娶她的意思,他是没有准备的。

其实他也并非真的是要躲着她,不过是想自己清静一下。

他是在喜仁那里被任广明和小廖堵上的,他不知道这两个人就站在楼下的冬青树下——考虑到调查工作的隐秘性,这两个人并没有上楼去。

他是到喜仁这里送东西的。父亲是个有情义的人,虽然喜仁在澡堂里让父亲签大单,让他出了丑,但父亲不怪她,反而对她更加关心了。这一天,父亲一是让他送点营养品来,二是让他带一笔钱给她。照父亲的说法,喜仁在澡堂子里做事,总归不是一件正事。

谁都知道不是正事。喜仁在见到程军后有点哭笑不得地说。

我看你够不要脸的。程军说。

喜仁把营养品放到立柜里,然后她试图在他衣服上擦一下,他有点粗暴地把她的手拍开了。他说,你要是懂得老头子的意思就好了。

什么意思?你们男人还有什么意思?喜仁说。

你这样不讲情理啊?他问。

她有点愤怒了,看看窗外的灯火,她好像突然就有点伤心了。她说,那你有一次还说要开车带我去西藏。

我说过这个?他很懊恼地问。

哪个狗骗你!她说。

现在我没这心思,我也不认为这话会从我口里说出来。他说。

要不是在溜冰场说的,要不就是那次喝剑南春时说的。她说。

听得出来,喜仁的记性绝对没问题。他承认他现在记东西多少有点问题,但他不至于跟这个女人讲这种话。

别管我讲什么,你想想我家老头子,很不容易,对你也够用心的了。他说。

那有什么用?不过是施舍一点罢了。她说。

他特别不能听喜仁这样说他的父亲,但问题是喜仁说得也没有太错。老头子送点东西送点钱,不过是想表明,他心里还是有她的。一个老头子,在家里神神道道的,原来在外边,他是有要求的人。

不过,我还是喜欢你喝酒的样子。她说。

去你的,我现在再不能像以前那样喝酒了。我这病——你知道吧?我还喝酒,你不知道我夏天在医院里已经躺下了。他说。

带我上路吧。她说。

他知道这句话很熟,确实,他一激动的时候,就会这样说——说走就走,哪怕到西藏,开上个越野,管他的,走起来。

现在,即使他没有那种豪言壮语,但他想,也许把喜仁带出去,也没什么。

就在他们下楼时,他看到任广明从冬青树那边走过来。怎么,要出去?任广明问他。

程军马上停住了,他伸手向后一摆,喜仁马上悄悄地溜回了楼梯口。这都什么事?任广明问,女朋友?

他没有搭理任广明。

什么事?他问。

任广明说,还能有什么事?还是那个事,汪丽的案子。

我什么也不清楚。他很坚定地说。

等会儿,我们给你看样东西。你会有什么反应,你自己猜猜。任广明说。

小廖在一边把手伸向皮包里。他看这家伙像要拿枪的样子,这一次他们两个都穿着警服。

去哪?他问。

回医院大厅怎么样?任广明问。

我不大想回那个地方,到那个地方我头会更昏。他说。

在那头昏不碍事,反正在医院里,万一有事,抢救会很及时。任广明说。

前边有人放鞭炮,三个人站在那等,一股浓烈的硝烟味向他们飘来。

刚才那女人不错。任广明有点油滑地说。

程军根本看不上这号警察,只是他没有办法不拿别人当回事。要不是刚才任广明讲有一样东西要给他看,他几乎要跟他们翻脸了。

在路上,他突然意识到回医院大厅是特别不合适的,他至少有这个权利吧,为什么他们要他到哪就到哪呢?即便是为了配合调查,也并不是非要听别人安排不可吧。

随便,蜀山湖吧。他说。

我看哪也不用去,前边就有家肯德基。任广明说。

在快餐店里,他和小廖坐一排,任广明坐对面。小廖从皮包里掏出一张纸,这是从火车站那里下载下来的。

你看,这是你乘高铁的记录。任广明说。

他马上反应过来了。他点了点头。

你看你一共坐了多少趟 G27 次列车,从北京至合城的。

他看到纸上有个列表。他没法细看。

这说明一些问题吧?任广明说。

我不认为这说明什么问题。他说。

任广明说,你一直在芜埠和合城之间往返,而你也有必要知道,其实汪丽也是几乎每天都在这条高铁线上往返。

我并不是每天。他说。

我是说汪丽几乎是每天都在这条高铁线上往返。任广明语气很重地说。

她是她,我是我。他说。

你这样说也有道理,但我要提醒你,你不认为你需要一个理由来说明你为何经常在这条高铁线上往返吗?

他没有作声。他很想抽烟,但他不能抽。

好吧,我承认我是在这条线上往返。他说。

所以,我认为你有必要讲一讲你跟汪丽具体的关系。任广明掏出烟盒和打火机,语气更加粗重地说。

这时,有一堆小朋友在不远处打闹起来。他斜眼看着他们,嘴角浮出笑意。

他说,可以,我跟汪丽确实有一段交往。

什么性质的?任广明问。

怎么说呢?他说。他顿了一下,又接着说,但你们可以查一下车次,你们也可以调汪丽的车次来看,你们看看,我们是否乘的是同一列高铁。

你说得对,我们当然可以核对,但这不是问题的关键,问题在于,你这样频繁地往返于芜埠和合城之间,基本上可以明确,这一点和汪丽有关。任广明说。

他再一次说,我提醒你,我要求你们认真地面对这样一个事实,我和她没乘同一趟列车,这就是全部的事实,你们怎么理解是你们的事,但我乘高铁违法了吗?

你态度有点问题。任广明有些恼怒地说。

8　钢丝头

程军戴着墨镜，还扣了顶帽子，他不想让别人把他认出来，从出院以后他就很少到医院来，如果来，他尽量不让别人看到他。他实际上是很烦这个医院的，尤其是到住院部去，这让他很难受。但今天，说好了要接钢丝头去打球。他不得不来接她的主要原因，是他要从她那里拿到处方，然后拿些药回去。

因为钢丝头没有坐诊的排班，所以他就到住院部来找她。她也可以把药直接带给他，不过她认为还是他自己拿处方去取要好一些。

回到十楼，他倒最想从走廊西头的玻璃窗去看楼下校园那橙色的操场跑道，不过在办公室那里，她就迎了出来——原来她已经开好了处方——对他说，你赶紧去把药取了，然后在地下停车场见面。

今天，夏琳没有班，所以不会碰上夏琳，这一点他和钢丝头都很清楚。

有一次，钢丝头说，我真不明白，你跟夏琳能有什么名堂，一个什么都做不了的小护士。作为一名著名医科大学的博士，在顶尖的学术期刊上发表过论文的青年医生，钢丝头当然会这样来看待夏琳，但是他有他的考虑。

钢丝头急匆匆到东头的病房那里交代什么事情去了。他本来可以伸头到原先的病房去看一下,他有这种冲动,但他克制住了。

在地下停车场,她拎着网球包,不过里面装的是羽毛球拍和几桶羽毛球。

坐我的车吧。钢丝头说。

你不是说,我开车没事吗?他问。

我是说没事,但你没发现你今天有点不对吗?我在这已经等你十多分钟了,你在上边干什么啊?她说。

夏琳又不在。他说。

钢丝头不担心提及夏琳,因为在他俩之间,这不是什么禁忌。夏琳不在,你也可以瞎转这么久?她说。

他听她这话有点刺儿,但又没法反对。

请你理解一个病人。他说。

她现在没有把他当病人,尽管他是来开药的,但是她认为他应该像她跟他多次交代过的那样,要正确地看待自己的头昏。

她甚至跟他说过,他的头昏不是器质性病变引起的头昏,所以她才和他打球。当然,她一直说要适当地运动。相对来讲,羽毛球对人的体力要求是可以控制的,如果可能,你可以打得足够细致和协调,又不至于疲累。

坐上车子,她把车开出停车场。在出口那里,他感觉有点晃眼,不过很快就适应了。他感觉钢丝头今天情绪并不是太好,他在想要不要跟她讲警察来调查汪丽的事情时向他问的那些话。

李宗伟打得好。钢丝头说。

我还是觉得林丹要强一些。他直言不讳。

我们不要争这个。钢丝头说。

以前他俩就争执过,钢丝头说林丹居然经常顶撞教练。这完全可以理解啊。他当时说。

他知道钢丝头一点也不喜欢林丹,从打球方式来说,钢丝头不喜欢那种气势汹汹的打法,她喜欢控制落点,调动对方,不喜欢很快的球速,喜欢对方按她的意思去接球。

他还是忍不住说,你不想知道我最近烦心的事吗?

钢丝头很轻地磨着方向盘,说,不就是夏琳吗?我跟你讲过很多次,你不要不现实,跟这样的女孩子其实没有什么结果的。

我知道你对她有看法。他说。

在科里这么多护士里,说实在的,她认为自己很特殊,但我一直不大懂这个女孩子。钢丝头说。

你是一个有前途的医生,人家夏琳跟你不一样,再说她本来就不大看重这个呢。程军说。

那不行啊,这怎么行?你是一个医务工作者,你是要把你的本职工作做好的。她说。

他知道她讲的是夏琳喜欢看书的事,她曾经在他面前批评过夏琳非常不现实,一个小护士看那么多书干什么。

但是,他以为夏琳在看书这一点上跟自己也是不同的。夏琳是有心思的,她心思很重,难怪前一次她闹别扭,想辞职回家专门宅在家里呢。

他发现她已经把话题绕到夏琳那里去了,他觉得她好像在回避什么,但他还是找不到岔口来转到警察调查汪丽的事情上。

她说,阿司匹林要坚持吃。

我觉得还是晚上吃要好一些。他说。

为什么?她问。

他想了想说,我自己在想,晚上吃的话,如果夜里有情况,岂不是作用更明显,药效更显著吗?

她车子开得比较快,上了潜山路离奥体已经不远了。现在是一条直路。她说,这是你的想象,根据我们多年的临床经验,阿司匹林属于长期口服药,当然是早上吃好,相对于全天其他时间来讲,早上服用,对血管的作用是最佳的。

还有那个阿托伐他汀,长期服用,我真担心影响肝功能。他说。

我不是跟你讲了吗?可以两个月左右验一下肝功能,空腹抽个血就可以了,又不是做大生化,很简单的。再说,只是有可能会引起假性的肝功能指标异常,不要担心。她说。

他还想问她氯吡格雷片的事情,但他发现她的车子已经开进了奥体。

她从后备厢里把球包拿出来。

在球场上,他发现钢丝头有那种奇怪的肉感,因为隔着球网,这和在其他任何场合见她的样子都不同。这让他有点激动。但是,她在不停地督促他注意认真接球。

他知道她打球很较真。

他有时在对面喊,你要注意我是一个病人。

所以你才要打球。她回答。

打了四十分钟,他们歇下来。然后,他们坐在长椅上,她会弄她的头发,现在烫的那种带一点卷的头发差不多是可以束起来了。他希望她能主动地问起有关警察来调查的事情,但她就是不张口。

她很喜欢坐在这木椅上,看整个球场里那些打球的男女。他注意到她很享受这一点,似乎她看这些人打球能看出什么名堂来。他注意到她看一对打球的人,先看这一位,再看球网另一端的那一位,然后很快地巡视着整个球场。

9　程军

　　太可笑了,他们掏出那么一大张纸,上边是我往返的票。程军对钢丝头说。他们已经坐在了一家高级餐厅的靠窗的位子上。

　　打球让他们发汗,筋疲力尽。当然,主要是钢丝头,他倒还好,因为打球对他几乎没有什么影响,很长一段时间以来,几乎没有什么东西会让他的身体感到疲乏。

　　他们哪能拿到票?钢丝头问。

　　不是,我说错了,我是说,他们到售票处,或是什么后台的地方,打印了我的乘车记录。他说。

　　她是个很聪明的人,所以每个细节,她都会纠正他言语上的不明之处。

　　这有什么难的,你不要当回事。钢丝头说。

　　你指什么,我的乘车记录?他问。

　　不是这个,我是说他们不过是来问话,问的人多呢。钢丝头说。

　　他想了想说,是啊,夏琳也这么讲。

　　她这样讲?钢丝头不屑地问,又接着说,她讲的跟我讲的不是一回事。

他看见服务员切了一盘鹅肝过来,他知道她喜欢吃这个。酱放在右边稍远一些的地方,餐厅里响起钢琴声。

是巴赫的?他问。

不是,是德彪西的。她说。

其实他本来是分得清的,至少巴赫的他可以很快地判断出来,但最近他在她面前不大行。他不知道怎么回事,他问过她是不是跟他头昏有关系。

她当时就否定了他的这个看法,她叫他不要凡事都跟他的病扯上关系。关于他的病,她已经让他去找那个叫李敏的大夫,心理上的问题,那个医生会比较专业。当然,对他来说最重要的仍然是头昏,这是他入院出院以来,一直纠缠他的问题。

不仅仅是问你,你明白吧?她说。

他心想这跟夏琳讲的也没有什么两样啊,谁都知道他们在医院里已经问了不少人。

她怕他理解不到位,所以又提醒他,我是说他们不仅在医院里调查。

这话让他有点吃惊,因为他只是盯着医院,其实汪丽不过是因为父亲夏天住在医院里,不然,她跟医院又会扯上什么关系呢?再说她的尸体是在铁道线旁被发现的,又不是在医院里。

钢丝头喝着红酒,她每次吃东西时,口腔的动作从外表不大看得出来,而且她总会通过表情或是说话让你忽略她在咀嚼。

你有那么大反应干什么?钢丝头说。

我能没反应吗?你试试,拿一张大表格,把你的乘车记录全部展现给你看,谁能受得了?程军说。

重要的是,那是事实,不是你本人乘的车吗?钢丝头问。

问题不在这里,我烦的又不是这个,我是说他们会没完没了地问下去。程军说,他推开了面前的盘子,他觉得桌上的东西一点也不好吃。

钢丝头穿着那种深色的风衣,里边的毛衣是高领,有时会透出她白皙的脖颈,因为脱去了白大褂,所以她显得有一点神秘。

跟李大夫见了?怎么样?她问。

他不想讲李敏,因为那会让他更头疼。他说,这还用我说吗?他不是跟你很要好吗?

是同学。她说。

他跟你不一样。他说。

这指什么?她问。

不像你那样看问题。他说。

她明显有点生气,她放下刀叉,喝了口红酒,然后一只手从对面伸过来。他不知道她这个动作是发怒,还是撒娇,又或者是一种玩笑。但是他觉得一点也不好玩。

其实主要是童年。她说。

这个观点,李大夫也讲过,但是从钢丝头嘴里讲出来,意思就不那么一样。

我主要还是头昏,其他的没什么好讲的。程军说。

阿司匹林和阿托伐他汀要一直吃,不过这只是问题的一个方面。另一个方面是,我已经让你去见李大夫,我是说,不舒心的地方,你可以尽管跟他讲,你不用担心他会跟我转述。再说了,你也是我的病人,我即使了解你心理上的一些问题,也没什么好奇怪的。她说。

他和她碰了杯子,他觉得对面的这个女人真是不同凡响,确实在所有问题上,都有着精明的处理,他没有办法不佩服她。

她有点含情脉脉,但他知道她对他是有要求的,他必须要懂得她的意思。

他们还来问过我呢。钢丝头忽然说。

他知道她讲的是调查人员来医院找她问过话,他相信她胆子很大,又是一个博士。再说作为汪丽父亲汪顺义主治医生中的一位,尽管是排在吴波后边较不重要的一位,但毕竟她是医生。调查人员来问她也是例行公事,他想他们会怎么看她呢?

他没有问她这个问题,是她自己说的。她说,随便他们来问吧,这是一个文明的社会。

他不大能琢磨出她话里的意思。

她眼睛直勾勾地看着他,说,我吃得有点多了。

10　任广明

任广明要买钢琴的念头早就有了,无奈这几年工作太忙,但现在他是决定要买钢琴的。

汪丽这个案子的侦查工作,让他心里有压力。从汪丽被报告失踪的那一刻开始,他就认为这件事情非常特殊;当汪丽的尸体被别人在高铁线的不远处找到时,他发现基本上符合他的预想。

人有时越是在紧张的时候,反而越希望自己保持一种松弛的心态。现在就是这样,调查虽然有进展,但他感到很困惑,所以他想到了不如在这个时候干点别的。

于是,就在一个瞬间,他想到了要买钢琴。不过,想买钢琴本身也是个埋在心里许久的念头,只是在这段时间,他认为这个念头被真正激活了。

买钢琴只是一个事情,最重要的,他认为必须学习钢琴。

于是他到一家叫作苏律的琴行去,那里琴很多。他看见偌大的大厅里,黑压压的一片,都是从日本运过来的雅马哈。

他问琴行的一个穿着带风纪扣毛衣的高个子男人,钢琴的价位大概是多少。

琴行的人说,一般在两万以上吧。

有没有便宜点的?比如几千块。任广明问。

琴行的人问他买给谁用,他如实地说,也许自己也用。

别人没太懂他的意思。这个高个子男人于是讲起雅马哈钢琴的音色是如何的纯正,这是在全世界也叫得响的品牌。

他说,不是德国的琴最好吗?

琴行的人说,不是的,并非德国古典音乐好,钢琴就好,单就制作工艺来讲,雅马哈已经足够好了。

那个男人给他弹了一支曲子,以便验证这些二手进口雅马哈钢琴的音色。那个人在弹琴时,会把嘴巴闭上,他从侧面能看出这个人是咬着牙的,他敢肯定这个人在弹琴的这些年一直都有这个习惯。

他马上想走开,因为他似乎突然联想到什么,他需要安静。这一刻他非常感谢钢琴,因为钢琴让他对世界有了什么发现,只是自己一时也理不清楚。

他对这个琴行的穿风纪扣毛衣的人说,下次再来看。

那人已经合上琴盖,很客气地对他说,随时欢迎你来。

下到二楼,外边有风,人声倒不大。他来到西环广场的外边,坐到一棵树下,掏出一支烟。他本想点上的,但他记起他每次去找程军问话时,这个人都是只拿烟不抽烟的,也许受到这一点影响,他自己也没有抽。

他记得看到汪丽的尸体现场时,他不认为这个现场有任何特殊之处,几乎非常吻合他的某种预想,也就是说尸体并没有任何触目惊心之处。

尸体没有腐蚀,当然后边的尸检报告还没有出来,一些刑侦技术专家仍然在分析,但从目前已经得出的阶段性尸检结果来看,汪丽确实没有死于某种突发的暴力。也就是说,到目前为止,尸检没有提供有显著情节推导作用的信息。

他是在一处水塘下边的田角与塘埂的夹角处看到汪丽的尸体的,尸体正是从池塘中打捞上来的,他是最早到达现场的警官之一。他看到汪丽穿着一件红色的毛衣,衣服还很整洁。

但为什么要抛在这样一个地方呢?并不是太过隐蔽,而且就在距高铁线的不远处。那口大塘引起他的注意。

在这一方面,他是被这件红色毛衣给纠缠住了,当然这也是他职业上的敏感。

幸亏,他刚才及时从苏律琴行里出来。不然,他在那里就钢琴的事情再跟别人交流下去,就会抓不住那个像游丝一样的让他惊异的特殊的感受。但那是什么呢?

他记得刚才那个琴行里穿风纪扣毛衣的人,在弹琴时是咬着牙的,这个人弹得很好,尽管他没有听出来是支什么曲子,但确实弹得很好。他想要是自己也能弹钢琴,那该多好。但问题不在这里,问题在于他从别人的这个表现里,似乎感到了汪丽的某种不适,但这又是什么呢?

他谈不上同情这个死掉的女人汪丽,他知道虽然这件红色的毛衣在她身上这么协调和好看,但她已经离我们而去了。

她是不幸的。他想。

他终于用打火机把烟点上。外边天已经黑了,华灯初上,汽车堵得很严重。他耳边还回响着苏律琴行的琴声。

　　我一定要买一架钢琴。他一边吸烟一边愤恨地念叨着。

11　汪丽

汪丽第二次来医院,程军记得她穿的是那件带碎花的裙子。像她这个年纪的女人其实已经很少穿这样的裙子,看起来是连衣裙,裙子的长度在膝盖那里。他看得出来,汪丽在着装上是讲究的。

那一天,她的那个从东风厂退休的叫汪明的堂哥不在,另一个叫汪亮的堂哥在帮老头子忙上忙下。因为住院伙食的问题,汪顺义便秘了,所以汪亮从卫生间进出。

而汪丽也在病床和卫生间之间走来走去。他注意到这个女人似乎在刻意回避他的目光。他本来在汪丽不在时跟汪顺义聊天还是蛮顺的,但只要汪丽一来,汪顺义就马上不跟他讲话,转而跟汪丽讲起了大大小小的事情。

他是个记忆力很好的人,虽然自从他头昏以后,他认为他的记忆力多少受了点影响,但他仍然有着好记性。也就是说他时常痛恨自己为什么任何事情都能记得,从医院出来以后,他认为他的记忆力没有出问题,只不过头昏以后,他有时候需要对记起的东西想一想,也就是说,只要有东西勾动一下,那些事情的来龙去脉也就浮现出来。

所以对那天汪丽穿那件裙子到医院来的情况,他一直记得很清晰。

汪顺义由汪亮搀着从卫生间出来后，开始训斥起汪亮来，因为汪亮在讲话时不小心透露了他在外边给别人办事拿人家礼品的事，汪顺义认为这样做是不对的。不过程军很快听出来了，老头子之所以能从大病房换到这个小间来，还是这个汪亮找的人。

他俩在说话时，汪丽一般只是笑，看得出来她的这个堂哥跟汪明不大一样，是个比较能吹牛的人。

不过很快他就发现其实汪丽一直是很注意场面的，对这个汪亮，如果碰巧老头子出去了，她其实是很不客气的，可以讲她有一种优越感，对这位进城来做事，还留有农民气息的亲戚存有某种傲慢。

后来，从病房过道里传来了老母鸡的声音，原来是一个叫小朋子的人，带着他父母还有儿子赶到病房来探望汪顺义。

汪丽很热情，而且看得出来，她跟小朋子还是比较熟的。

提老母鸡的人是小朋子的妈妈。小朋子的爸爸跟汪顺义是老表，这个老头子木讷得很，只是由小朋子妈妈跟汪顺义讲话。小朋子妈妈自然是对汪顺义恭维了一番，又讲起现在医疗条件好，像他这种病不是什么问题。

后来汪丽和小朋子就往卫生间那个方向让了让，他俩讲起了小朋子在北京的事情，原来小朋子在北京搞装修。汪丽应该是几年前到北京去过，小朋子还接待过她。

汪丽问坐在汪顺义床边的小朋子儿子的情况。小朋子说，这家伙现在在河北上大学，是一所不那么有名气的学校。

汪丽这才讲起自己的孩子，他听出来原来汪丽的小孩在省城念高三,现在是关键阶段。

她对小朋子说,关键还是要自己刻苦才行。

小朋子的儿子在那玩手机,不时传来微信新消息通知的声响,小朋子有时也到卫生间那边在父母以及汪顺义他们之间插话。但是,小朋子妈妈一直没有跟汪丽讲什么。

他听出来的情况是,汪丽每天都要从芜埠赶到省城来,因为小孩子在滨湖上学,她必须要管他。

她说,孩子个儿高,就是不长肉,像个竹竿。

他想也许汪丽的孩子跟汪丽相像,因为汪丽本身个子就不矮。

小朋子虽然在北京混得不错,但不过是到北京比较早的打工仔而已,所以汪顺义招手把小朋子叫过来,对他说,你在北京做事情要注意啊,要珍惜现在的大好时光,多挣点钱,你看你父母很不容易。

汪丽只是站在床脚那里笑,因为汪顺义病床边站着好几个人,所以汪丽反应过来要从程军的病床边拿一只凳子过去。他注意到她向他看了一眼,本来是准备讲话的,但终究没有,只是把很重的铁凳子搬到了汪顺义那一边。

小朋子一直没有注意程军这边,程军捧着书在看,其实他心跳得有点快,因为汪丽拿凳子俯下身时,他感到她颀长的身材有一种特别的吸引力。并且她那件裙子的长度绝对让他难以忘怀,他在想象假如跟她走在一起,会有怎样的感觉。

这一次,他得到的关于这个女人最重要的信息便是她每天都要从芜埠来合城,因为她的孩子在滨湖上学,这对他是个不小的震动,因为这不是一天两天,而是长年累月。

不知为什么,他感觉这个叫小朋子的生意人和汪丽之间有那么一点怪异,不过他敢肯定小朋子知道汪顺义因为头昏住进了省医,一定是汪丽告诉他的。否则,他不可能这么快就来看望汪顺义。至于他为什么要带上他父母还有儿子一起来医院探望,他就不明白了。

他也听得出来,汪丽和小朋子的对话,都是极其面上的,似乎都是说给汪顺义还有小朋子父母听的,并且在提到那个小朋子的儿子时,小朋子是不那么自然的。

而汪亮这时一直站在走廊那里,他听到汪亮是在打电话,但他感觉汪亮对小朋子这些人没什么好感,尽管他们都是同一个地方的人。

12　苏孙

在进一步的尸检报告以及现场勘察到的那些泥土采样有重大发现之前,任广明仍然惊异于他对汪丽尸体本身的那种特别的印象。

他甚至想,他没能在汪丽活着时看到这个女人,假如他能像程军那样在她活着时看见她,那么现在对这个案子,也许他会有不一样的看法。

他现在更加想学习钢琴,但是他又认为在学钢琴之前,也许更重要的是自己得先拥有一架钢琴。所以他隔了一天,又到苏律琴行去。这一次那个穿风纪扣毛衣的人正满身是灰地在墙角那儿搬东西,见到任广明过来,马上认出他来,但他并没有什么客气的,只是淡淡地说,还是看一看吧。

任广明打开一台雅马哈钢琴的键盘的盖子,黑白相间的琴键让他马上联想到火车那快速掠过的影子。

那个男人见他驻足在这架雅马哈前,于是就顺手在琴键上依次地试起音来,他发现这个男人在试音时,牙齿不是咬着的,看来试音还不是演奏音乐。

这个得多少钱?任广明问。

那个男人说，不贵，两万多一点，要是全新的，至少八万。

但不是新的啊。任广明说。

都一样，这是日本原装的二手琴。说着他打开顶上的音箱盖子，任广明看到了复杂而密密麻麻的钢钉、铜线，还有木槌。

都没有动过？任广明问。

那个男人指着钢琴音箱最后边的那块有点发褐的钢板上凸起的字母和数字对他说，这台琴是USH，你知道，这是二十世纪八十年代初的琴。

怎么这么老？任广明问。

这还老？在市场上还有二十世纪五六十年代的呢。钢琴可以用一百年，日本的制作工艺很精湛，用一百年没问题，二十世纪八十年代的琴已经是好的了。这个男人说。

这个男人于是弹奏了起来，还是上次那支曲子，任广明发现他又咬着牙。总之，这个男人的动作总是让他很有启发，他似乎又想起了什么。

我想要新一点的。任广明说。

那要过些天，目前我们这儿主要是二十世纪八十年代的琴。但是你要明白，二十世纪八十年代的琴，上边的编号已经是200多万的，在雅马哈里面数字算大的了。那个男人说。

任广明认真地看了编号是2715039，是270多万台。一共多少台？任广明问。

现在是400多万吧。那个男人说。

男人掸了掸身上的灰，望着任广明。任广明用眼角的余光看着黑白的琴键,好像那上边有一列高铁,正疾驰而过。

成人学琴的也很多。这个男人说。

可我一点基础都没有。任广明说。

那没有事,可以一点点启蒙。这个男人说。

任广明看满大厅黑压压的雅马哈,忽然很奇怪地问,这些钢琴都是一台一台从日本运来的?

那个男人说,这些琴都是从日本人家一户一户收上来的。你看,里边的击槌都还很新,其实很多人买了都还是很爱护的。

不知为什么,任广明总是觉得这些钢琴应该是从日本山区的那些房子里逐一运出来的。

他这一次只是记住了刚才那一架钢琴的编号,因为手机响了,他便跟那个男人打了个招呼就出来了,这时他想到钢琴从那么远的日本运来仍然完好无损,那么高铁呢?高铁几千公里几千公里日复一日地奔跑,那疾驰中的列车也是干干净净的。

尸体出现在铁轨不远处的田间。那个男人的手指在弹琴之后停留在琴键的四周。它们都是很新的样子。

他是这样来理解的,从钢琴的琴键到完整的钢琴曲之间,现在看来需要日复一日的努力和学习。至于高铁和汪丽之间,又有什么联系呢?

现在,他知道汪丽每天乘坐高铁往返于芜埠和合城之间,这是很固定的,有点像苏律琴行的男人在弹琴时紧紧闭住的嘴巴以及嘴里紧紧咬住的牙齿。

我一定要学琴。任广明对自己说。

琴行里的负责人叫苏孙。

13　夏琳

　　程军并不相信夏琳真的能看进去那些线装书,字是竖着排的,从习惯上来讲,她是根本适应不了的。

　　他们从大理回来之后,有一段时间没有见面。他自己的说法是想安静一点,而夏琳不是那种特别爱追问的人。那一次她闹着从医院辞职引起他的反感,他也是关闭手机失去联系十多天,她就知道也许他确实是需要安静地待上一阵。那一次,他很有说服力地告诉她,他躲到一个地方去了,硬是看了足足五本大部头的著作。

　　是谁的? 她问道。

　　他说,康德的。这自然是让她不高兴,因为她本就讨厌那一个路子的东西。假如看的是王国维的,也许她会高兴。

　　那次去大理,本来他也是反对的,因为自从头昏入院出院之后,他不确定自己是否能坐飞机。她作为一名护士,在医疗上也谈不上有什么见地,但她认为,压根不应该这样来考虑问题。

　　至于从大理回来之后,为什么有了十多天的疏离,他同样没有解释,倒是夏琳自己这一次主动地带有攻击性地讲起了大理之行。

　　你根本就不是为了带我去玩。她说,你不过是旧地重游,你心里有过去的人,有也就罢了,还拖着我去。夏琳鼓着腮帮子。

此刻他俩坐在长江西路边的一家无名的小菜馆里。

这怎么讲?他问。

她说,不要问我怎么无缘无故地怀疑起来,其实事情就是这样,对不对?

他点了油炸花生米。夏琳穿着碎花的衣服,质地有点像棉,又有点像腈纶。他马上反应过来,喜仁给他发过短信,说夏琳要找他,他当时没有在意,觉得夏琳根本不可能跟喜仁那样的人谈得来。

这样一讲,他马上反应过来,也许夏琳跟喜仁见了面,但为什么夏琳会怀疑起大理之行呢?

你不要考虑那么多。他说。

我不是在乎你的过去,我只是在乎我自己,要不是在乎我自己,我都不知道,你这样对我是为什么,但我相信,每个人都有过去,为什么你的过去就非要瞒着我呢?

她这话让他不大痛快。

他们在大理时,这个小家碧玉一般的女孩子买了不少大理的扎染和首饰,穿得很像那么回事。他在洋人街上还夸过她,说她的回头率很高。

夏琳是有点清高的。我不过是一名小护士。她说。

这跟做什么没有关系。他说。

所以,我才说我要辞职。她又说。

他不大明白,像她这样一个女子,要是没有工作整天宅在家里,会不会闷死。

可以看书。她好像看穿了他的心思。

在苍山下边,隔着一大片坡地,再往前是碎石铺就的洱海湖岸,湖里有船只摇动,一派静谧风光。那时他确实回忆起往事,应该说在很早以前,大概在1994年吧,他和那个女人来过大理,在这里他们有着美好的回忆。

而现在,这个叫夏琳的女人从喜仁那里也许打听到了什么。但是,喜仁真的能准确地知道他的生活吗?不过这一点也有可能,因为喜仁从他父亲那里听了不少有关他的事情,尤其是他早年的事情。

他喝了点白酒,看着她,她眼睛有点红。只要面对夏琳,他总以为自己可以真诚起来,因为在他俩之间似乎有无数本书正在打开,他们是可以走得很近的。

酒很辣。他喜欢这样的无名饭馆,进店的永远是生人,永远是风尘仆仆的人,却都要喝酒。他喜欢这样的氛围,这样的感觉。

他提醒她一下,哎,你们老家扬州也这样吧?

什么样?夏琳问。

就是街边有这样有点冷清的小馆子,很少的人,三三两两的,喝着小酒。他说。

我离开扬州有些年了。夏琳说。

他怕勾起她伤心的回忆,不敢再讲到扬州。

她也举杯喝了一小口,抿着嘴笑了一下说,其实你过去的事,也没有什么,说到底跟我有什么关系呢?

他大口地喝着白酒,辛辣味一直冲到头顶,他想自己也是有点玩命的,大脑要是真的大面积梗塞,也许这些白酒就会要他的命,但是他不得不喝,因为这个叫夏琳的女人问得很对啊,他跟她到底会怎样呢?他无法想象他们的关系的实质性的未来。

所以那次在大理,住在洱海边的客栈,夜里望着窗外蓝幽幽的洱海湖面,听她沉睡中的鼻息,他就问自己,我和她有生活吗?如果有,为什么我感受不到呢?

幸亏,她那时没有醒,否则他也会追问起她来。但现在在这个饭馆里,她明显是带着从喜仁那里打听来的他的过去的一枝半叶,对他旁敲侧击起来。不过很快他就想到,喜仁在跟夏琳说起这些话或者是喜仁当初从老爷子那里打听到这些事情时,她脸上会不会泛起某种顽固的嘲笑呢?

结果是,他认为喜仁一定会放下的。而夏琳不会,夏琳一定从他俩大理的行程中,发现了他心里有着某种令人难堪的东西。

但那又是什么呢?夏琳并不明白。

但夏琳知道在他的过去中,总有人会比较重要,而她在意这个事情,至少在感情上表明了,她注重她的付出,她不是对他无所谓的。

我是说你不要盯着我的过去。他喝着白瓷酒杯里的残酒,红着眼睛说。

他喜欢这样白色的釉质很厚又十分土气的酒杯,他心想,夏琳不过是无所适从罢了。

但他自己又何尝不是无所适从呢?关于大理,关于1994年,他带那个女人去大理的经过,虽然一切记忆犹新,但他又认为那是绝对的过去的事情。生活就是这样,如果说难堪,难堪就在于过去无从言说,爱情总是从新的地方开始。

对,唯一可以确定的是,他和夏琳是有爱情的。他在这无名饭馆有点苦兮兮地喝酒,他的感叹如此神经质。

我不是要什么结果。她说。

他看着夏琳的脸,他从这张脸上看出残留的肉感中的一点点鲜活的冷,说不清是什么,但他知道他爱护这种冷意和严峻的疏离——即使这么近,在这么脏的小饭馆里。

14　高同

　　吴局长的话一直让任广明很不舒服,虽然从北京请来的刑侦专家的意见他自己并不当回事,但他对尸检的流程复杂和进度之慢,自然是耿耿于怀的。从某种程度上讲,汪丽的案子不仅仅是依靠尸检报告的,但尸检报告的全面和细致又是必需的。

　　在走廊里,吴局和他有一次单独交谈,吴局捧着茶杯,对他也是有一点责怪的,主要是看他状态不好。

　　老任啊,你这样不行,你要想点子。吴局说。

　　我在考虑。任广明说。

　　小廖在办公室里向外伸头,然后又缩了回去。

　　以前你不是这样的。吴局说。

　　其实先前开会的时候,吴局长就蹾了杯子,也拍了桌子。他说,现在有些人过于依赖尸检报告,告诉你们,在尸检方面,有诸多局限,死者的尸体因为是从池塘里浮上来的,所以你们不要过于指望尸检。这里边其实有了一层新的障碍,你们也都懂,这个现场已经难以捉摸了。

　　他当时就听出来,吴局长是说给他听的,因为在准备将这件事向上级呈报之前,是任广明首先提出应该先在分局里边把案件捋清楚。

看来,现在很难搞清楚。至于从北京请来的专家,他发现也并非神通广大,讲的无非也是面上的一些情况。

听说你最近有点不愉快。吴局说。

他马上联想到是不是别人知道了他去琴行的事情。就他自己来说,他不大愿意别人来了解他的私生活,再说到琴行去,他自己也是十分矛盾的,但他还是要去琴行,这是他自己的坚持。

他对吴局说,我还是认为尸检重要。

但是,我们也应该看到对现场的勘查还有余地。吴局说。

那我们就得把塘水抽干。他说。

这个我会考虑,但是,你要知道,即使不抽干池塘,就在四周,田野啊,塘埂啊,机耕路啊,公路啊,还是有很大一片区域可以去排查。吴局长说。

他越发坚定必须将池塘抽干,最早时他就提出过这个问题。当时吴局长还有另一位领导的意思是,用细网眼的沉底网在塘底兜一遍应该已经够了。但现在他发现自己必须坚持,趁北京专家来了,不如让吴局长先把这个事情定下来。

吴局长说,北京专家的意见很清楚,他们没有提出要我们将池塘抽干,对于这样的案件,抽干池塘应该没有必要,因为从物证上说,缺少这么做的理由。

任广明也知道,北京专家只是例行公事,从他们的谈话中他能听出来,别人并非真的有什么高招。

和小廖出了办公楼,小廖问他,头儿,我们去吃点好吃的?

他马上拒绝了小廖,他认为小廖这个人虽然很聪明,但过于迎合,而且有一点让他不高兴的是,他认为小廖其实有点迷信他。

他对小廖说过,不要以为我有什么本事,我不过是做不了别的事情,我才干这个。

那哪能。小廖说。

和小廖分手时,小廖问他,钢琴买了没有?

他反问小廖,你怎么知道我要买钢琴?

小廖被逼得满脸通红,他说,我不是听你自己讲的吗?你讲你要挑钢琴去,你还打了个比方,说钢琴就像长长的高铁。

我什么时候打过这样的比方?他在想。

但小廖就是这样,小廖很聪明。任广明想,西环广场那么大,没准什么人就会看到他在琴行四周逛来逛去的。但是,小廖为什么说他讲起过钢琴的事呢?

不过,也许是讲过,应该是在他去琴行之前,也就是说,他自己都记不清楚,他是在多早就有了学钢琴的念头。

不过幸亏小廖也不知道他是自己要学钢琴的,否则他认为别人会更加吃惊。

他再去琴行时,有许多小孩子和家长正在苏律琴行门口叽叽喳喳的,他本想转身走开,但这时他看到一个搬琴师傅正在对他笑,他发现别人是认出他来了。

苏经理也在。那个人说。

他不明白为什么别人会以为他一定是来找苏经理的。我不找他。他说。

这时苏经理,就是那个穿风纪扣毛衣的男人已经出现在门口,身边有几个带小孩的家长。

苏经理见到他,对他说,你可以到小琴房去坐一坐。

他听不大明白为什么要叫他到小琴房去,这边的一位家长正在问苏经理琴谱的事情。

他被一个女教师引到了一间琴房,房间很小,恐怕只有几个平方米,如此的逼仄。钢琴的琴盖已经打开,女教师在他身边坐下,问他,你打算学点什么?

他被问住了,因为他不大相信自己真的会学起钢琴来。

我觉得不大合适。他说。

你是说,你不认为我可以带好你?女教师问。

不是这个问题。他说。

那是什么?女教师又问。

我是说不大能确定,我是否需要一个键一个键地学起来。他说。

我就是专门教成人学琴的,我们有一整套的方法。女教师很正式地说,并且她顺手敲起了键盘。

在这么小的空间里,钢琴的声音很大,他感到整个人受到了挤压。

都跟我说了。女教师说。

谁?他问。

苏经理啊。女教师说。

此时,他扭头向着木门上的小玻璃窗看去,他觉得也许苏经理就站在门外,但玻璃窗外边什么也没有。

跟你说,现在成人学琴的也很多。比如,有一个老总,就是想学

《长江之歌》，只要能把这支曲子弹会就行。我们就教他，也是要从头学起，那老总什么也不会，但跟你说，现在他弹成了，弹成了《长江之歌》，一个音符都不差。女教师说。

他知道在每个狭小的琴房里都坐着学琴的人，他敢肯定大都是孩子，至于女教师说到的成年人，他反正一直是没有看到的。

他们不在这个时间点来。女教师说。他发现女教师意识到了他的疑问。

可我不是指这个，我是说，我没有特别跟苏经理强调我要马上学起来。他说。

但是，你可以先学学看。至于买琴，这是下一步的事，你还可以租琴呢。女教师说。

这什么意思？他问。

女教师说，就是你在决定是不是能学下去，或者说是不是一定要买钢琴之前，你可以以租赁的方式，先把钢琴抬回家。如果过一段时间你不学了，你可以把琴退回来，只交钢琴的租金就可以了，一个月也就一两百元钱。

他发现这个女教师真是善良极了。

你贵姓？他问。

免贵姓高，叫高同。她说。

这样吧，高老师，你说得很有意思，可我的意思还不在这里，我是说凭什么苏经理就看出了我一定要马上就把钢琴学起来。他说。

高老师显然有点气愤，她站了起来，说，关于这一点，你可以自己跟苏经理说。

他一个人在小琴房里坐了不短的时间，没有人管他。他想，也许高老师是生气了。

15　任广明

他从琴房里出来,在这长廊里,能听到每间琴房都传出琴声,但隔音效果还是不错的,你在里边不至于会被干扰到。他准备向先前那个大厅去,相对来讲,他宁愿看到那成片成片的钢琴。

这时,他手机响了,是小廖的。

你在哪?小廖问。

他怕小廖听出钢琴声,所以他马上挂掉电话,说一会回过去。

他在穿过大厅时,看到了苏经理,苏经理已经跟那个买琴谱的女士说完话,现在站在门边看手机。

怎么样?苏经理问。

我还没有决定好。他说。

学琴可以先试起来。苏经理说。

我是怕太难了。他说。

来。苏经理跟他招呼一下,向大厅最拐角那里走去。到了那儿,他发现有个吧台,也许这里是熟客或是他的朋友们来时落脚的地方。

我弹一曲给你听。苏经理说。

苏经理打开琴盖,没有琴凳,所以苏经理只能站着,猫着腰,脚向前踩下踏板中最右边的一个,然后,他看到苏经理的嘴又抿了起来。

苏经理的牙齿是咬着的,他是从外边看到的。

苏经理弹的是《致爱丽丝》,这是一支最烂大街的曲子,随便在什么地方都能听到,听到最多的地方是在五星级酒店的大堂里。

但苏经理弹得确实很动听,而且苏经理的身体有一种奇特的韵律感。

他就坐在那儿,感到有点无所适从。也许,他必须确信自己是永远也学不会钢琴的。

苏经理的嘴抿得那样紧,就仿佛他在弹琴时非常痛苦一样,那如果这样,他自己为什么还要去学琴呢?

其实并不难。后来苏经理说。

苏经理让店员给他倒了杯茶,然后苏经理坐在他边上。

钢琴主要看音色。苏经理说。

我不懂。他说。

就是那个棒槌敲击后边的统机,然后是那块音板,为什么雅马哈好,就是这个道理。这是一道极其复杂的工序,表面是演奏音乐,其实是物理现象,这些东西的击打,才产生那种旋律。苏经理说。

我不是反对旧东西。他说。

对,所以我跟你说二十世纪八十年代的雅马哈没有什么,钢琴的寿命,像雅马哈这样的琴,在一百年以上。二十世纪八十年代的琴,也就用了三十多年,所以你不用担心,琴是没有问题的。苏经理说。

我也不担心这个。他说。

那你怎么考虑的?苏经理问。

刚才那个老师跟我讲到了租琴。他说。

哪个老师？苏经理问。

他有点奇怪,他本以为是苏经理亲自派的高老师来教他。这么说苏经理并没有记住哪一位具体的老师。

他说,反正也无所谓了,不过我不大喜欢这种租赁的方式。

这个倒可以随你,没有事的,租赁只是一种方式,主要是担心有些人以后并不能真的能坚持下来,学琴并不是一件人人都能坚持的事情。苏经理说。

以前我听过一些古典音乐。他说。

这很不错。苏经理说。

比如巴赫啊,莫扎特啊,勋伯格啊什么的。他说。

这都没问题。苏经理说。

什么？他反问。

我是说,听古典音乐好。苏经理说。

那是不是要学会弹这些人的东西是很困难的？他问。

苏经理说,那肯定是,不说对音乐的理解,就单说弹琴本身,要弹到那一步也很难。

他想,可我根本不在乎这些人是怎么弹的。

他发现他对苏经理有一种特别深沉的信赖,这也许并不是因为他要成为一名学琴的学员,也不是因为他要买一架雅马哈,而恰恰是因为,这个苏经理弹奏了一曲通俗的《致爱丽丝》,声音仍在回响。

我再考虑。他说。

欢迎你随时来。苏经理说。

苏经理离开了,大约是去练琴房那边了,大厅里没有人,他没有走出大厅,就拨通了小廖的电话。

小廖说,告诉你,吴局刚才在院里碰到我,说局里已经同意了,要对安丰塘做抽水处理。

他挂上了电话。这时,他才发现手机短信里本来就有吴局长发来的信息,讲的就是这个安排。

16　钢丝头

这次是钢丝头主动叫程军到医院去拿药的,她在电话中就告诉他,如果他头昏的程度加重,就必须把阿司匹林换成氯吡格雷片。

程军记起任明山主任也曾经这样跟他建议过,因为从出院以后,除了少许时间头昏有所减轻,大部分时间头昏的程度没有显著减轻不说,头昏的样式好像也在变化。

他赶到住院部十楼时,钢丝头显然已经在医生办公室等他好一会儿了。本来他们也可以在外边见面,当然他们在外面见得也很多,只是像这样按处方来拿药,是钢丝头在国外留学时代就耳濡目染的习惯,她认为医生就应该这样。

夏琳已经有几天没来了,她休了差不多有半个月的假。

在办公室里,钢丝头把处方拿给程军。程军说,不是说氯吡格雷片有引起大出血的可能吗?

钢丝头说,一般不会这样。其他的护士在外边伸头,因为知道程军跟夏琳相好的人并不少,所以见程军到医生办公室来都很奇怪,以为他是来找夏琳的。程军向她们微笑,而钢丝头说不要理她们。

钢丝头说,不要紧,那只是小概率的事情,最多的可能是引发脑部血管意外。

是脑溢血？他问。

只是有这种可能。她说。

他摸了摸脑袋。

她站了起来,把白大褂向后拉了拉,他看见了她的胸部,以及里边精致的内衣。

他指着自己的耳后边说,就是这里有时会跳着疼。

她摸了摸他的后脑勺。她说,这是后枕部,属于耳部大循环。跟你讲吧,你这种脑供血问题,对于耳朵来讲,前后庭都会受影响。

可我就是耳鸣。他说。

她说,这也对。

他们说话时,已经在往外走了。他突然问她,最近那个叫任广明的没有到医院来吧?

来过啊。她说。她环顾了一下左右,他知道她是让他在停车场等她。

他要到一楼去拿药。

后来,一个生意人,反正据钢丝头说,跟她在另一所医院的同学拉上了关系以后,跟她也认识了。这个下午,那个生意人请她到"金孔雀"去,自然她是要把他也带上的。

那里边有羽毛球馆。她说。

这样他就放心了,每次跟她在一起,他们都要打球,这已经成为固定节目了,但他知道"金孔雀"分明是温泉馆啊。

那是一个度假的地方,在合城以南。其实他跟她在一起,他宁愿将主动权都交到她手上。

那个生意人,有点白头发,年龄倒不太大,跟她很客气,一直称她为大美女。实际上,程军看到钢丝头就觉得她这人气质非凡,有一种很强的驾驭别人的能力。

在金孔雀他们要换上浴场的衣服,泡不泡温泉倒是其次。

他俩选择打球。她问他,夏琳最近休假出去了没有?

他说,没有,她现在整天宅在家里看书。

主任对她意见很大。她说。

其实程军觉得任明山是个老好人,应该不会对一个像夏琳那样的护士如此苛刻吧。

他在颠球,她则用球拍敲自己的脚跟。有时她会很出神地看着前后左右那些打球的男女,有时也模仿其中高手的动作和手型。

是来找过我。她说。

你是说任警官?他问。

是啊,来找我,不过,我没有什么好说的。他问我去过芜埠没有,我真不知道他为什么要这样问我。她说。

也许他是想从中了解一些泛泛的情况。他说。

那也不能这样问我啊。她说。

他准备退到发球线那儿,但她没有马上打球的意思。

她说,问你什么没有?

他现在不大想讲这个调查的事情,尤其是不想在金孔雀跟她讲这次调查。他认为,一切都顺其自然吧。

我去没去过芜埠跟这有什么关系呢?即使是做医疗辅导,我也可以去啊。她说。我觉得这些人真是乱调查一气。

也就是聊聊吧。他说,又没有直接问你汪丽什么的,哪像对我,抓住我乘那么多次往返芜埠和合城的高铁的事情不放,要是放你身上,说不定你要投诉他们了。

那我倒不会。她说。

打球吧。她终于也退到发球线那边。

她打球时,整个身体非常协调。显然,她有近于专业的打法和手型,但是他也能接得住她的球。

其实打羽毛球对身体的消耗也很大。有一次她对他说。听得出来,她对消耗体能十分重视。

服务员送一点矿泉水来,他们一人打开一瓶,坐在木椅上。

她身上有汗,但还有一股香味,他知道钢丝头是个不一般的人,但他无法把一切都整体地联系起来。

他们好像有了一点时间概念。她说。

这是什么意思?他问。

就是他们在时间上有一些相对准确的看法了,所以上次任广明到医院来,好像比以前有了些底。她说。

他怎么敢这样问?他问。

你是说,他直接问我去过芜埠没有?她说。

凭什么这样问你?你不过是汪丽父亲住院时众多诊治医生中的一个。他说。

没什么,人家也只是那样一问。他说汪丽在芜埠,说芜埠不错,然后又问我去过芜埠没有,听起来似乎是自然的,但谁不明白呢?这不仅是聊天,这分明是有所指的。她说。

这倒要看自己怎么理解了。他说。

问就问吧。她说。

17 钢丝头

后来他们回合城的玖玖隆吃饭,再到 1912 那边去喝东西。

现在,在 1912,音乐声很小,马克西姆西餐厅的人并不多。

她点上一支烟。他问她,自己到底能不能吸烟。

这是不可能的。她说。

你是说什么不可能?他问。

她说,我是说问我夫过芜埠没有的那个人,并非真的要冒犯我。

他还以为她讲的是不允许他吸烟的事情。

那也许吧,任广明应该不会这么莽撞吧,无非是讲到这个,随口一问而已。他说。

不说他了,这些人没有能力倒是次要的,主要是根本看不清局面,我一看他那样子,就知道他是一个很屌的人,一个根本就没有朝气的人,还做警察呢,都什么货色啊。她很冷地说。

程军是不大会说别人的坏话的,他们在来 1912 之前,在玖玖隆时,他就闻到他们身上都有那种硫黄的味道,这就是在金孔雀泡温泉的代价。

这个肉肉的女人,身上散发硫黄味以后,你就会以为她有一种特别的能力,好像她不仅能驾驭你,还能驾驭世界。

我们还是说说自己吧。她说。

我不担心。他指着自己的头说。

但有时意外就是这样。

不要仅仅从一个方面看问题,耳鸣在其他疾病中也会出现,但对于你来说,氯吡格雷片对血小板的抑制会强过阿司匹林,所以我给你改用了这个药。记得阿托伐他汀还要坚持吃。她说。

我的血脂并不高。他说。

我跟你讲过了,阿托伐他汀是控制斑块,让它稳定的。斑块一旦滑落,一般就会堵死,语言会出现障碍,偏瘫率也很高。她说。

我在住院时看到了,有些人根本就讲不出话。他说。

不仅仅是这样,语言的问题还包括记忆,就是说你根本组织不了跟语言思维有关的一切活动。她说。

他虽然有点害怕,但问题还不是绝对的,也有很大一种可能,一切只是偶然。因为斑块并没有确诊,血管的硬化指标从目前的检查来看,缺乏准确的数据支持。

喝红酒会有好处,但也不能过量。她说。

他最不喜欢喝红酒,但现在烟不能抽,白酒尽量不喝。

她有时喜欢讲在美国读书时的事,很有见地。不过他对这些不大感兴趣。

你还是复婚的好。她忽然很严肃地说。

他知道她是跟他认真谈话的。

我的事情没那么简单。他说。

但这是很有必要的,你要复婚,对方并没绝对封死这条路,无论从感情上,还是理智上,都是做得到的。她说。

说起他的婚姻,他反倒想回避,于是他就讲现在和夏琳这样就很好。

那是两回事。她说。

不是两回事吧,我和夏琳是有感情的。他说。

所以我才说是两回事啊,跟夏琳这个小女孩不可以当真的。她说。

当然,我说的是生活,或者说法律。她又说。

他听出来她把话讲得有点重了。

可这个重要吗?他问。

她很明确地说,这个当然重要了,婚姻是必要的,尤其是对你,我认为婚姻对你非常重要。

他心里也知道她这话的意思。

可人家还那样做。他说。

他的意思是有了婚姻,但又并不尊重婚姻,这不正是很多人的做派吗?

但我们生活在一个国家里,生活在法律文书如山如海的现代社会里,所以就得尊重这一点,婚姻具有法律效力。她说。

他知道婚姻具有法律效力。

所以,我跟你说,你的复婚就相当重要。她说。

另外,你不要以为你生病了,所以你要复婚。问题不在这里,复婚是对婚姻的巨大的尊重和践行,对于你来说,就更是如此,哪怕只存有一天,你也要复婚。她说。

她不过是不反对而已,但她并不明确要复婚。或者说,像你讲的那样,马上就要复婚。他说。

1912,音乐声很低,低到有时你要去寻找音乐声,才能找得到。

但你应该努力,这是第一步,因为只有复婚,你才是一个有婚姻的人,然后怎么办,怎么玩,怎么个活法,就是你自己的事了。她说。

她举起杯子,里边是咖啡。

我以前没太注重婚姻。他说。

那也不是,否则,你怎么会结了,又离了呢?她问。

我不太在乎这个。他说。

那你是根本没有生活起来。她说。

生活起来?这是个很好玩的说法,什么叫生活起来呢?他问。

复婚也是一条路。她说。

可是并不好走啊。他说。

我是说复婚是为了走上婚姻这条路,现在的问题是,你应该先复婚,走上婚姻这条路,然后你再玩。她说。

我还玩,我这个样子?他说。

别以为有什么,我告诉你,与疾病一起跳舞吧,至少要相信医生吧。她说。

18　任广明

　　任广明没有带小廖一起到安丰塘那里,而是和那个要教他练琴的高老师一起去的大圩。

　　高老师还不知道他的警察身份,以为是苏经理交代的,当是一个非常特殊的学琴的成年人。

　　不知为什么任广明要带高老师到大圩去。汪丽的尸体被发现的地方就在安丰塘,而安丰塘就在大圩。大圩离合城高铁南站很近,但要绕一个圈子,这个地理位置有点复杂。因为接近巢湖,所以这里地势平坦,但河汊和水塘纵横交错。大圩农业发达,加之四周有开发区,大圩有一番别致的景象。

　　安丰塘距离老的合淮公路并不远,距离新的合蚌高铁也不远。安丰塘最主要的给水来源十五里河就在三里之外,而安丰塘的案发现场,因为基本上没有任何物证和其他相关的印痕,仅仅被封锁了两三天就解封了。

　　高老师开着她的车子,说是跟他一起到郊外散心,但路上还是聊了不少钢琴。

　　高老师说,你放心,你一定可以学会的。第一次在我的小琴房教你,我还以为你不过是闹着玩的。

但他想也许那时并不是闹着玩的,而现在反而有点了,因为两次在小琴房里听高老师讲钢琴基本原理的时候,他根本就没有听进去。

他们把车子停在老合淮路的一个口子上,从那看去,有一条小路,但修成公路的样子。其实这里本来人口密集,但因为靠近安丰塘,所以人少了,看得出来,一些村庄被拆掉了,大概是这里要修高铁的缘故。

看来,高老师对他的身份是一点也不知道的。对于他们为何来这个安丰塘,以及不久前媒体上还报道过的汪丽案,她也是一无所知的。

不过,他为什么要带高老师到这个地方呢?

其实苏经理这个人真不错。高老师说。

他以为高老师讲的是真心话。

他是个音乐家。她又说。

这很出乎他的意料,不明白为什么她把他抬得那么高。

我就是冲着他,这个真正懂钢琴的人,才到苏律琴行来的。她说。

这让他很吃惊,当然也让他有点不高兴,因为他认为高老师把苏经理看得太高了。

从合淮路这个口子下来的这条路会通向一条机耕路,然后要绕过很细小的几条路,才能到达安丰塘最粗的那条塘埂。

他问她,我们去那块有水的地方好不好?

高老师看着绿油油的作物,心里升腾起一股拥抱大自然的美好感觉。她对他说,其实钢琴作为一种西洋物,它表面上看起来与世界关系不大,比如这样的景色,我们的二胡、扬琴、古筝就能表达出来,但钢琴就不能这么直接。

其实他自己什么也不懂,关于钢琴。

她又说,但就像苏经理说的,钢琴是为了表达内心对这个世界的看法,而不是去直接反映这个世界。

看来你们苏经理跟你们交流还蛮多的。他说。

对,苏经理有时候会给我们开业务课,这样我们就能听听他对音乐的理解。她又说。

他还没有到塘埂那,此刻他们站着的地方是一个大土包,土包的顶上有一棵树,树有些年头了,叫不出名字,但枝叶繁茂。

他放眼四周,发现这儿即使位置比塘埂要高很多,但向塘面看去,塘水依然像悬在低空的一面镜子。

再向左边望去,那是一条被远远地串起来一般的十五里河。再向正前方望去,是隐约的村庄,一座接着一座。

而向右前方偏左一点的位置看去,那儿有一座亭子,是个凉亭,六角的,虽然不太近,但从他这个位置仍能看出凉亭有六角。

高老师说,这儿风景真不错。

我就是来看看,我觉得这地方耐看,你说呢?任广明说。

难怪你要学琴,原来你情感如此细腻。高老师想。

他们从土包上下来,他对土包上的那棵大树有点恋恋不舍,不知为什么,在他的眼中,这四周的一切都发出一种青色。

你是合城人吗?他问。

高老师说,我是在合城出生的,但我父母都是江苏人。

他哦了一声,没有对她的籍贯发表任何意见。后来,他们来到塘埂上。虽然小廖跟他讲了吴局长同意抽干池塘的决定,他自己也收到过吴局的短信,但据他了解,这个抽干池塘的方案还要和大圩乡政府进一步沟通,以便明确抽出的水如何从沟渠里排出——可能需要打通一条暗沟,让水流向十五里河下游。

站在塘埂上,除了看到不远处的炊烟,还会看到那发出红色光芒的墓地,几乎每隔一小段就会有几座。这让他觉得这里有一些悲凉。

她以为自己不过是一个钢琴教师,一个在琴行里谋职的女人而已。但是,她认为他把她带出来郊游,也包含了对她的赏识,所以她一再谈及会把最好的东西都教给他。

其实你的手形不错。高老师说。

他记得她把他的五指分开,跟他讲用力的方式,把手抬起后,手指会自然地收缩和放开,这样反复地练习。

他在测算从合淮路老路下来,再至这个安丰塘,到底需要多少时间,但因为这中间出现分岔的可能性很多,比如凉亭、机耕路,比如小土包、大树,又比如十五里河,还有远处的一条匡河,加上围在四周的村庄,无论岔向哪一个方向,到安丰塘塘埂的时间都会发生变化。

你跟苏经理熟吗?她忽然问。

他听出来她的问话里有一种怪异的东西,但他没有办法回答,他想这个女人心里一定有一个答案。

他说,我也认为苏经理是个很有才华的人。

这是自然的。她说。

我这已经有点超出范围了。她又说。

你指什么?他问。

她说,我是说我跟你到这里来郊游啊。

他相信她是有了一些迷惑才这样讲的,因为她已经看出来他不是到这里来欣赏风景的,但他这是干什么呢?

就在他们说话时,一列高铁以很快的速度从离他们很近的地方冲过去,声音很低,但有一种低沉而莽撞的效果。

他看见了高铁的尾部,也拖着一个火车头,倒着飞速地奔跑,那些窗户只是一条影子,唰地从田野上掠过。

他再次想到也许它真的像一架奔跑的钢琴。

拉我一下。高老师说。

他拉着她的手,跳过一条小沟。她的手很软,他肯定这是一个柔软的女性。

19　任广明

应该是那列飞速而过的高铁,驶向合城南站之前也许是最后一段保持高速的飞驰,让他联想到那些黑压压的钢琴,也联想到抿嘴弹琴的苏经理。他忽然有些愤恨起来,对高老师说,你还是先回去吧。

她几乎没有听懂任广明的话。那我回去了,你怎么办?她问。

其实他就是想让她走,他喜欢这暮色中的大圩,喜欢那高悬起来的安丰塘水面,然而这个钢琴老师却生硬地戳在那儿。也许在很多年以前,他也能从刚才接触的柔软的手里,得到他想要的某种温存。然而,现在他知道他宁愿孤单地在这暮色中低沉下去。

你确定要这样?高老师问。

他说,我要到前边的村子里去,我要到村子里走走。

那我可以等你。她说。她有些害怕起来,因为她不明白为什么好端端的,这人却有了这么大的转折。

真的没有什么,谢谢你和我一起到大圩来。任广明说。

她已经转身了,她要去刚才停车的公路那儿。汽车在路边像一只很小的盒子。

而他则要下这个塘埂,他要到那个凉亭去。

他不时地扭头看她走到哪儿了,他敢打赌,他完全可以先到达亭子,然后这个女人才会到公路那儿,所以他就站了一会儿。

暮色苍茫,大地上有一种升腾的地气。他望见她小心翼翼地走着,有时她也扭头,看他驻足在看她,便向他招手,他知道他让她有点难为情了。后来他望见她到了她车子的旁边,不过已经看得不是很清楚了。后来这只小小的"盒子"在线一样的老公路上移走了。

他走上这个亭子时,有一种非常冷峻的感觉。亭子不小,而且是坐落在一个夯起来的土堆上,也许土堆上边有巨大的石块,四周都是田野,还有小树,以及水沟,在北边就有一条机耕路,一直伸向远方。从这个亭子向安丰塘看去,塘面像一大块裂开的镜子。为什么像裂开的呢?他想,这是因为安丰塘并非圆的,而是有那么一点不规则的。

因为太阳快要西落了,现在在这有着一点雾气的暮色中,他想的是,也许必须更重视这个亭子,这不是什么发现。由于尸体从安丰塘浮上来时,与汪丽死亡的时间肯定有至少数天的间隔,所以对安丰塘四周的调查并没有重视,主要是缺少明显的证据线索,加之在发现尸体前几天有过阴雨天气,这对现场的地形和印痕的保留都是有影响的。

亭子是有六角的,亭子是那种漆成深紫色的柱石和亭檐共同支起来的。亭子的顶上有瓦片,这个在上亭子前,他就从外边看到了。亭子六面那种连接的可以坐人的地方,也是用上好的木头制成的。在亭子的正中,有一张石桌,并不高,上边被磨得黑油油的。

他敢肯定,只要是在这附近的人,没有人会没到过这个亭子,而且对于田野、水塘、水沟、小路、田埂和小树来说,这个亭子是唯一的建筑，它那深紫和暗红相结合的颜色，一定让四周的人感觉到一种特别的亲切。

他在亭子里走来走去，想找到点什么，但是除了偶尔能看到已经落到亭子外边的卫生纸还有火腿肠的包装纸之外，有价值的东西几乎没有。倒是在亭子西边，也就是迎向晚霞的一侧，他看到了在细草中留下的一道印痕，但现在他还判断不了产生这印痕的原因。他试图去接近它，于是他一手抱着凉亭的立柱的边沿，一手向下撑着，在草丛里扒拉一下，但他差一点从那里滑落下去。

他从朝北的那个石阶下去，下边有一圈小树，其中有几棵小树上拴着塑料袋，但袋子里什么也没有，而袋子是牢牢地系在小树的枝丫上的。

他看到在北边的机耕路上，有几个人正在由西向东走着。那些人抬头看见了他，他又从北边的石阶上返回了凉亭。那些人似乎有点吃惊，他们立即加快了脚步。

他看见他们朝那密密麻麻的村庄走去。他从凉亭那儿下来，来到机耕路上，他本想跟着刚才那些人到村子里去，但他并没有这样做。不知为什么，他忽然想到了牛，因为之前和高老师从安丰塘塘埂下来时，分明在一块地头的埂上看到一串很重的脚印，那是老水牛留下的，这个他可以确定。但环顾这暮色中的大圩，没有一个耕田的人，当然也看不到一头牛，也许一切都在沉睡吧。

他很小心地从那凉亭南边的夯土的细草中捡起一只小小的发夹，就是那种有波纹的现在很多人都已经不再用的最普通的细发夹，是铁做的，直的那一头是细而扁的，有波纹的那一头弹性仍然极好。

他捏着这只发夹,他可以肯定目前只有很少的人会用这样的发夹。他不认为这是什么特殊的东西,但他又觉得这发夹让他有了温暖的感觉,发夹仍然很干净。

20　可亲

　　夏琳并不是真的在意程军的那些令她鄙夷的男女之间的事情。但夏琳认为从大理那次旅游开始,很明显地浮现出来的程军的过去的那个女人,足够让她头疼的,所以现在夏琳反倒常常跟喜仁聊起来。

　　但程军跟夏琳讲过,喜仁不是一般人,那是一个在洗头房、按摩房、洗浴中心、高档会所里跑动的女人,你要当心。

　　夏琳说,可我觉得她是个不错的女孩子。

　　看来喜仁跟夏琳已经成为很要好的朋友了。程军觉得夏琳不过是对此比较感性而已。

　　夏琳不敢单独到程军父母那里去,因为程军母亲会对她很凶。程母一直认为这个女孩子会给程军带来坏运气。只有程军父亲有时还能跟夏琳通一下电话,问起他们现在生活的情况。夏琳曾在跟老爷子的电话中提到过程军过去的那个女人,老爷子只是说,过去的事情就让它过去好了。

　　不过喜仁现在在夏琳那儿,倒是总提醒她,不要胡乱相信男人。夏琳不明白喜仁为什么跟老爷子关系那么好,她跟喜仁说,我是觉得程军并没有真的懂我。

喜仁只是觉得好笑，像喜仁这样的女人，对于程军，心里是有数的。

程军和他那位叫可亲的前妻最近联络有点频繁，主要原因并非他去了一趟大理回忆起1994年他们去旅行的经历，而是他想跟她谈他现在的事。

他的反常的表现引起夏琳的注意，夏琳看到了打开的电脑页面上一封电子邮件的开头，她没有往下细看。

可亲说的就是，关于他谈到的最近的不适，她认为他千万不要以为这是最近才产生的，而是老早就埋在他生活中的。下边的内容，夏琳并没有打开，她也猜到他的前妻可亲后边跟他又说了什么。

但也许，他确实是不那么舒服的。

他知道她看了他的电子邮件后非常生气，不过他没有发火。他认为她没有必要这样失去修养。她则说她不过是扫视了一下打开的界面，而且一开始根本不知道这是谁的电子邮件。

在他俩的同居生活中，他自己有时会闭关，所谓的关机十多天不与外界联系，主要是不与夏琳联系。除此之外，夏琳有时休假，也会单独到外地去，平时他们住一起的时候争执并不多。

关于警察来调查汪丽浮尸案这件事，他却懒得跟她多讲，因为他早先就发现夏琳对汪丽以及汪丽之死，几乎没有任何态度。她好像先天就对这个女人没有任何感觉，不论是好感还是厌恶，她都没有表现出来。

她现在在哪儿？夏琳问。

他说，可亲现在在美国，当然大部分时间在北京。

难怪你们用电邮。她说。

这样方便啦。他说。

你们有什么可讨论的？她问。

他想起钢丝头跟他讲的夏琳这个女孩不可深交的话,现在他有所体会,但他又知道夏琳其实是在乎他的。不过关于他的婚姻,钢丝头建议他跟可亲复婚,至于跟夏琳,钢丝头甚至连婚姻的一点建议都没提。可见,钢丝头对夏琳是完全不看好的。

我觉得你在医院的工作还是要更加认真才好。他说。

你不要管我的工作,跟你说吧,我不过是在那里混口饭吃罢了。她说。

但接触病人也不是一件坏事。他说。

可我压根就没觉得病人和正常人有什么两样,相对来讲,我宁愿躲在家里看书。她说。

其实他自己在邮件里倒是会跟可亲讲起现在他认识的这个女友,但是可亲没有什么强调的,也许是在电邮中他没有办法把夏琳这个女孩子讲清楚。

你倒是说说汪丽。他有时会对她这样说。

她这样让你烦吗？她反问。她这问话就好像汪丽仍然鲜活地存在着。

请你注意,她是你们医院病人的家属。他说。

她大概是想发火,她发火的时候很少,但不知为什么他这句话把她给激怒了。

她问,我跟你是什么关系？你不要这样来讲我。

他知道话有点重了。不过他没有办法软下来,因为他很想知道夏琳是怎么看待他在汪丽这件事情上的特殊性的。

但夏琳对汪丽根本就谈不起来。这时他记起钢丝头讲的话,夏琳是一个提不起来的人,不是因为她是一个老是请假的护士,而是因为她这个人根本就不现实。

我倒是对另外那个女人感兴趣。夏琳把面膜取下来时对他说。

你说谁啊?他问。

她说,还能说谁啊?你前妻。

关于我的前妻,我劝你还是不要提到的好。他说。

为什么?很神圣?她问。

那倒不是,是完全没有必要啊。他说。

你们在一起不是很好吗?为什么要离婚?她问。

她这口气跟钢丝头就完全不一样,有些人是不会向着历史看问题的,但夏琳不是。他想,也许喜仁把她从老头子那里听来的关于可亲的一些事情都告诉了夏琳。

一个很特殊的人。他说。

有多特殊?她问。她这话含有明显的刁难。

其实如果有空,我倒可以把我和可亲认识的事情讲给你听,但请你记住,你要尊重这一点,因为那是历史了,还有就是,可亲不是一个一般的人。他说。

他不知道夏琳怎么理解可亲的非同一般,也许夏琳有夏琳的理解方式。

在大理的时候,我就感觉出来了,这个女人对你很重要,你很在乎。她说。

你这个看法不对。他说。

21　苏孙

在苏律琴行拐角有一间特别的房子,那里有一架1964年的琴,编号由六位数字组成。苏孙把任广明带到那间琴房的时候,外边正在下雨,而陪在他们身后的正是高老师。

高同并不知道苏经理把任广明带到这个琴房要干什么。

苏经理对他说,其实我是想让你听一支曲子。

他心里想,这是什么措辞啊?

高同站在门口,不知怎么办。

我知道你们去大圩的事情了。苏孙对他说。苏经理这么说,根本就当高同不存在似的,他不知道苏经理是什么态度。

亲近大自然没什么错。苏经理又说。

他判断不出苏经理的年纪。高老师马上和苏经理争论了起来,说,我的学生,我自己知道怎么教。

看你急的。苏经理笑了笑说。

苏经理的笑让他有点难堪。他说,我们去大圩,是去看一口塘。

我说了,接近大自然是对的,这对学琴会有帮助。苏经理说。

高同只好向里边站了站,说,那天他让我先走,他自己还留在大圹,所以我就想,也许他确实心情坏透了,所以他才要学琴。她一边说话,一边看着任广明。

是这样吗?苏经理站在他近旁问他。

他本来就很烦躁了,说,还是听你的曲子吧。

高同不知怎么办,苏经理走过去拍了拍她的肩膀说,高老师你做得对,当然,我的意思是,你应该把你最好的教学方法用到这个学生身上。

他猛然觉得自己成了别人口中的一个道具,他很愤恨地看着这屋内的一切。

窗帘透着淡黄的儒雅的色调,这架1964年的钢琴,在这昏暗的房间里让人感觉非常安静。

我给你弹一曲意大利的《白云》。

《白云》?我从没听说过。他说。

苏经理讲,你没听过的还多呢。

他从苏经理的话中听出了苏经理对他的一点不满。但这是为什么呢?

苏经理的嘴又抿了起来,因为这间琴房里有凳子,他是第一次看苏经理坐下来弹琴。

一开始,琴声很悠扬,他知道曲子都这样,前边是铺垫,或者说讲述的部分,就像先把事情道一遍。几分钟过后,就有了跳跃,这像对事情的追问一样。后来就一直很高。他看见苏经理的嘴抿得很紧,牙齿也咬得很厉害,他看到苏经理弹得很专注。

《白云》一直在很高的音阶上前进,他听得有点受不了了。

后来,琴声又舒缓下来了,再之后,苏经理的脚拿开了,手也离开了琴键。

苏经理说,这就是《白云》,我以为是最好的钢琴曲。

你弹这个给我听,谢谢。他说。

这个倒不用,我就是希望你能认真地学。苏经理说。

他明白苏经理是把他当朋友了,他有点不好意思。所以他又说,至于钢琴,我是一定会买的,不过要稍稍晚一点。

苏经理的西服是便装,在房子里显得很洒脱。苏经理说,你就是永远不买琴,我们琴行也欢迎你。

你今天是不是不开心我把高老师带到郊外去了?他问。

为什么这样讲?苏经理问,高老师是你的老师啊。

他接过苏经理递过来的杯子。苏经理说,回来后,高老师马上给我打了电话,她说她的学生一个人留在暮色中的刘大圩,像一个影子一样,在一口大塘的一块地旁。

他说,安丰塘。

怎么去那儿?苏经理问。

他说,也没有什么。

苏经理说,也许以后熟了,或者你琴弹好了,你会多说些内容的。

他要制止别人这样想。他说,苏经理,我跟你说,我不是最近才想到要学琴,我是很早就有这个想法了,所以我并不是像高老师说的那样遇到什么问题了,要通过钢琴来解决,我就是一直想学一下钢琴。

苏经理说,你不用急,如果是这样,当然我也看出来了,与其说你现在在犹豫,还不如说你一直都在犹豫,那么最重要的是,你要把它学起来。

跟你说吧,我是到那些村子里去的。他说。

你是说高老师把你一个人留在大圩之后?苏经理问。

他说,是啊,我让高老师先走,然后我就到那些村子里去。你不觉得吗?天黑了,那些村子里你从没去过,不知道里边有没有人,而且我多少还是带着一点目的去的。

苏经理坐在凳子上,背靠着钢琴,手指习惯性地颤着。苏经理点点头。

他则低下头,说,其实想起来也确实有点心痛,一个又一个村子,但不知里边有没有人,天又是黑掉的,高老师也走了,我茫然地向村庄走去。

你心情很不好。苏经理一边说一边拍了拍他的脊背。

我就是受不了这一点。他说。

22 小叶

关于那个拖拉机手任广明已经相对比较清楚了,不过要局里通过对他的立案侦查手续还需要一点时间。但是,线索他基本上理好了。

他是从苏律琴行出来,站在西环广场上时,用电话把小廖给叫来的。小廖也不知道他在西环广场干什么。任广明就说,我让你来,是我们要去一趟大圩。

任广明手里拿着一大沓琴谱,这是苏经理刚才给他的。

你现在真是要学琴了?小廖问。小廖还不知道其实西环广场里面就有琴行。

我们这次去带一点目的,我们去看一下,汪丽被扔下池塘之前,最有可能的行动路线到底有哪些。他说。

小廖说,你刚才弹琴了吗?

他不知道小廖干吗要这样问他,他马上意识到他刚才的话有一些问题。

他说,不过,我强调一点,关于汪丽落入池塘,是被别人扔下去的,还是……死了以后被扔下去的,这是不同的。

可是尸检报告上说,她在被扔下池塘之前就已经死了,也就是说她并不是在池塘里被水淹窒息的。小廖说。

这我当然知道,这不是问题。任广明说。

任广明又说,我的意思是到底她是在哪个地点被害,最后被弄到池塘塘埂上的。

不过小廖说起的尸检报告让他很头疼,因为浮尸出现之前的几天下过雨,这对池塘四周的痕迹有很大影响。另外,由于泡水时间过长,现在对肺部是否在入水前就已经失去自主呼吸,可能还需要做最后的技术判断。他想小廖只是很片面地看问题,尸检报告仅仅是推测,认为肺部并没有大量吃水,从而很难支持死者是在水中溺亡的。当然他自己也倾向于认为汪丽是在陆地上被杀的,然后才被放入水中,这种可能性相对也要大一些,并且合理一点。

小廖开车,到达后车仍然停在合淮路上。现在天气不错,不像那次和高老师来是在傍晚。他带小廖来过几次,都选择在中午过后,这个时间光线好,更主要的是,他在这个时间感觉最好,思维也清晰。

他们从机耕路那里来到那条朝向小亭子的岔路。这岔路很短,人可以很快就走上去。

现在即使分局没有批准立即去调查那个拖拉机手,事情也基本上朝这条线索在靠。

多亏那个人陪我来过这一趟。他说。

小廖说,你是说那位在黄昏陪你来的高什么人,对吧?

他坐在木头上,手摸着漆成深紫有点暗红的柱子。亭子里很安静,整个大圩都很安静。

我觉得应该尽快找到这个拖拉机手。小廖说。

他让小廖到亭子下边的小树那边再去看一看,因为最早看到拴在树丫上的塑料袋时,他就觉得亭子本身是一个极重要的案发地点。

那次多亏到村子里去,他觉得村子有没有人、是不是空的倒是次要的,主要是如果从村子向六角亭这边看来,视角是不一样的,六角亭显得特别突出,好像它本身就是故事一样。

现在揭开调查的盖子之后,果然村子有个姓邢的妇女,还有其他几位都讲起了在那天天黑之前,看到了亭子里有一个穿红色上衣、下边配裙子的时髦的女人。

这个很重要。所以他第一次听到邢姓妇女讲起这一点时,激动得要命。当然,关于这个形象,后边还有几位妇女证明,因为她们当时从机耕路上经过,也看到了亭子里的这个女人。但是,最重要的还是这个姓邢的妇女讲出了那个拖拉机手。

邢姓妇女说,我那时在机耕路上走,先是从西向东,因为我要到田里去讨一样东西。本来我拿东西之后就要继续往东,但因为中间我想起我还要到十五里河河岸那边讨我的自行车,所以我就折返了回来。

那你为什么先不骑自行车?任广明问。

邢姓妇女说,因为我在地里,要回十五里河,也有一大段路,所以就想先到地头去讨那个口袋,但我拿了口袋之后想起应该把自行车骑回去,所以我又顺机耕路从东向西回来了。

是不是因为之前你看到亭子里有人?他问。

邢姓妇女想了想说,那倒不是,虽然之前看到亭子里有人,但我不会想那么多,我可以确定,这个人不是庄子上的,所以我倒也是留心的。

邢姓妇女在讲这些话时,手里拿着饭碗。他看到村庄很漆黑的样子,感觉并不好。

邢姓妇女说,所以我就往西去,这才看到了那辆手扶拖拉机。那是小叶的拖拉机,村子里的人都知道的,只有小叶是拖拉机手。我看到拖拉机还在想,小叶呢?小叶人呢?

你当时喊了吗?他问。

喊小叶?她问。

他说,是啊,你不是说你敢肯定那是小叶的拖拉机吗?

邢姓妇女说,我就向亭子看,因为天色已经比较黑了,我不大能看清楚,似乎能听到亭子那边有点响声。后来我跟其他几个人讲,人家讲,那时他们也听到亭子里有一些声响。

什么声响?他问。

说不清楚,反正应该是人发出的。她说。

他很焦急地问道,那时你想到过亭子里之前有个时髦的女人吗?

邢姓妇女点了点头,不过很快又摇了摇头。

什么意思?他问。

邢姓妇女说,我只想应该是那个拖拉机手上去了。

你叫什么?他问。

她说,我叫邢理花。

他记下她的名字,并给她看了他的工作证。

邢理花身边又围过来几个人。

后来呢?他问。

什么后来?她和身边几个人都不解。

我是说,你们在村子里总能见到那个拖拉机手吧?你们总会问问他吧？他说。

邢理花说,但是,第二天,我们就看不到这个拖拉机手小叶了。

那辆拖拉机还停在那个岔口。另一个妇女说。

邢理花说,后来是小叶的叔叔把拖拉机开回去了。

这么说,现在村子里没有这个小叶了？他问。

这个,你可以去问他叔叔。邢理花说。

他跟邢理花一起往村头走,小叶住在另一个村子。邢理花小声地讲,其实小叶这个人很老实,我不相信他会干出什么坏事来。

这个倒不一定。他说。

在另一个村子,他找到了小叶的那个叔叔,不过已经是第二天了。

小叶的叔叔并不隐瞒他侄子的去向,说小叶到浙江去了。

去那干吗？他问。

小叶的叔叔说,是不是去浙江也不一定呢,既然你们问,别人也在传,我就讲实话,是小叶自己讲他要到浙江去,我也不肯定他是不是说了实话。

什么时候讲的？他问。

小叶的叔叔说,一个晚上吧,拖拉机都没开回来,就是回来拿点东西,然后就打电话给我,讲他要去浙江了。

他回来拿东西时,跟你没有见上面？他问。

小叶的叔叔说,他在边上那道门,没到我这边来,但我好像听到他晚上进了门,然后就是打电话说他要到浙江去。

村子里怎么传的？他问小叶的叔叔。

小叶的叔叔说,嘴长在别人身上,你管不了,他们是说,小叶出事了,小叶逃掉了。

出什么事你知道吗？他问。

小叶的叔叔说,这个不知道。

那现在呢？他问。

小叶的叔叔拽了拽裤脚,有点吞吞吐吐地说,自从安丰塘浮了女尸,人家就说是我侄子干的。

传多久了？他问。

即使再老实的人,听人家这么讲,也是不能忍受的,所以小叶的叔叔对任广明说,你们要干什么就干吧,家里也没什么东西,你们要抓要逮就随便吧。

他发现老实人急了,也很不好对付。

他说,我不是这个意思。后来他发现这个叔叔很愤怒,就先知趣地走开了。

现在,他带小廖回到这六角亭里,看着机耕路的岔口,好像能看到那个叫小叶的年轻人是如何慢慢逼近这个亭子的。

小廖从北边的台阶爬上来,有点气喘。小廖说,可是拖拉机上站着的那头牛呢？那到底有没有牛？

他说,邢理花反正说她没看到拖拉机上有牛,当然每人不一样,有两位妇女说她们见到拖拉机上是站着牛的。这也好理解,小叶开拖拉机正是拉牛,这是能对得上的。

23 汪丽

程军记得他很正式地跟汪丽讲话,距汪丽爸爸汪顺义入院已经有二十多天了。那时候,他跟汪顺义已经很熟了,他看出来汪顺义的病情并不重,但汪顺义的心脏有问题,植入了起搏器。照老头自己的说法,他随时都有可能完蛋。汪顺义跟程军说,他四十岁就被查出有心梗的可能,所以他喝酒从不超过三两。

汪顺义的口气听起来确实像个大干部一样,但其实只是一个自我感觉良好的老头而已。

而跟汪丽开始讲起话来,汪顺义是很不客气的,原因就是他看出来汪丽的脾气似乎太好,这让他几乎不能容忍。

大概是在汪顺义入院两周以后,那个叫汪亮的小侄子从另一所医院那里给老头子请来一个护工,一个叫老菊的女人。这女人有六十多岁,确实很能干。其实汪亮、汪明随时能来,但对老头子的伺候,始终让老头子不满意,于是汪亮只好请来这个护工。

这个护工的到来,对汪丽的改变很大。程军就躺在旁边,他还是每天在挂水,有时是长春西汀,有时是其他药物,反正钢丝头他们讲主要是软化血管的。老头子用药比他的要多也要重,因为老头子戴起搏器,不能做核磁共振,所以没有办法判别病灶的情况,只能加大剂量,怕老头子突发脑梗。

起先他没有注意,但很快他发现这个叫老菊的女人总是称赞汪丽,说汪丽是个很能干的女人,然后又问汪丽现在在做什么工作,汪丽只是应付她。后来这女人又从汪顺义那儿打听,还说,你的女儿长得一流的,真是个不一般的女人。

汪顺义觉得老菊的伺候很专业,也没有太放在心上,但汪顺义始终没有讲清楚汪丽是干什么的。

但这个女人仍不放弃,有时程军在边上的床上都嫌她问话太多。

汪丽后来来得也多,那个女人就跟她聊得多了。后来程军是听出来了,这个女人建议汪丽可以考虑在合城工作,不然这样在芜埠和合城之间跑来跑去的不是个事情。

他听出了一点弦外之音,当然后边他就非常厌恶这个女人了。为了阻止这个讨厌的护工在汪丽那里讲这些虚头巴脑的话,他才跟汪丽攀谈起来,而汪丽只是出于礼貌才跟他讲话的,所以汪丽对他倒也是有点凶的。

他就跟汪丽说,我们老家都不远,只是我在丰乐河上游,你们那的千人桥,应该在丰乐河下游吧?

哪里靠的河?汪丽没好气地说。

我跟你讲,我们那山大,不然怎么会是河水的上游而不是水渠呢?跟你讲,在我们老家那,只要往河岸上一站,向南、向西望去,有两座大山,南边的叫天龙山,西边的叫金鸡山。

汪丽听见了,他看出她有点反应,好像击中了她什么似的,她明显情绪好些了。

后来,那个护工出去时,他小声地跟汪丽说,我觉得你们家雇的这个护工头脑有点问题。

汪顺义也听到了程军的话,老头说,小程你不要这样讲,人家在医院干活不容易。

程军说,老汪,我不是这个意思,我是说这人跟汪丽都瞎讲些什么。

汪顺义于是就问汪丽,老菊跟你讲什么了?

汪丽说,也没什么,瞎扯。

汪顺义睡着时,他听到老菊跟在卫生间里洗东西的汪丽说,我跟你讲,你肯定适合干这个工作,我跟你讲,我摸得准林总的脾气,还有刘老师,我跟你讲,我跟他们那是几十年的熟人了,这个事情你适合。

到底是什么事?程军有时想听个明白。

后来断断续续,他还是听出来了,原来这个老菊在医院做护工之前,长期在这个叫林总的人家做事情,林总是男的,女的叫刘老师。其实刘老师非常喜欢老菊——这是老菊自己说的——所以这个老菊呢,就在汪丽那儿讲林总如何如何之好。

这什么意思?他在这个护工下班后问汪丽。

汪丽讲,人家只是一说。

汪丽看得出程军是个脾气有点冲的人,但是病房里毕竟除了她爸爸之外,还有一个病人,所以她不想发火。再说人家也都听出来了,这个老菊实在是有点怪里怪气的。

在去打饭时,他跟汪丽一起往东头走,那时他跟夏琳关系还不是那么密切,所以他并不那么明确在对这些女人的态度上有什么注意。

这人很不靠谱,哪有在人家里做事还能帮人家干这个的?他说。

不过,他只是试探这个汪丽。

汪丽说,你弄错了。

不是,她不是介绍你到她以前帮干活的那家的主人,叫什么林总的公司去吗?他说。

不是的。汪丽说。

汪丽的手和胳膊都很好看,虽然是四十多岁的女人,但她的手腕上还缠着橡皮筋,那是为了干活方便。

汪丽说,老菊不是在林总家做工,她是在一个姓林的律师家做事,而那个律师帮林总打过官司,所以是那个律师讲林总要招人的,招一个助理。

其实,他马上听出来了,什么助理,不过是这个老板他要招一个小蜜罢了——他是从那个老女人的口气中听出这一点的。

不过汪丽又补充说,老菊也不过是因为在这个林律师家里做事,林律师跟刘老师关系好,刘老师才讲起林总公司要这么一个人。

助理?他反问。

汪丽笑了一下,大约汪丽明白程军重复"助理"这个词的意思。

只是说说而已,别讲了。她说。

他们往回走。她说,你这个人怪怪的啊,你看,你并不像病人吧。

我只是没有扶墙走路而已。他说。

可是你真的没有梗住吧。她说。

这个谁知道呢?反正我头昏,我也是一个随时都可能倒下的人。

他说。

她站住了,看着他,毕竟他们之间并不那么陌生了。他说,在西头那里可以看学校操场的橙色跑道。

有什么好看的?汪丽说。

头昏倒掉之前,我反正是可以看看的。他说。

汪丽说,你看,人家都对你好,你这人真是的,就是自己想不开吧。

他知道汪丽讲的是夏琳跟他的关系,那时他们还没有发展成朋友关系,只是比较接近。但是,因为夏琳常陪着他到下边的小花园去,所以病房左右的人都看出了一点不同。

你确实是一个不一样的人。汪丽说。

晚饭后,老头子要小睡一会儿,汪丽就和他一起到西头的玻璃窗边,那时阳光很强,他们看着校园里的跑道。

哎,你先前说你们家门前两座大山,真奇怪。她说。

真是的,南边的那个像长江,因为山头是一挑的;西边的那个像黄河,因为山像个几字形,两条大河。他说。

她突然就皱眉了。因为她个子高,他没有办法阻止对这种高个子女人的巨大好感,其实他就是单纯地喜欢这种高挑颀长的女人。哪怕她无限陌生,无限平常。

她说,跟你讲,以前我有个姐妹,是好朋友啊,叫秦文,她跟我也说过这个,看来你们是同一个地方的人。

她老家在哪里?他问。

她说,这个我记不住,反正在长冲那边吧。

他知道这些山区地名每隔几里就不同,但他们是同一个县的:一个在西,一个在东;一个偏南,一个偏北。

其实我们舒城真不小。他说。

你都不像个舒城人。她说。

他说,你要是在北京说这话,我觉得还能听,但合城离舒城也只有一百里路,这样说不大合适吧。

她说,可是,你们说的真是一样,看来是同样的地方吧,看到的一样吧,地理是一万年不变的吧,长江、黄河这怎么变啊?

他感到了巨大的亲切,并不是对那个可能跟他同乡的叫秦文的人,而是对汪丽本身。

24　李婉

　　任广明在上海的时候总是在想,要是那一天他没有搬一把椅子坐在大圩安丰塘西边的那个小土包上,也许李婉就不会出现;如果李婉不能对着照片来确定她确实在六角亭下边看到汪丽走上这个亭子的话,那么事情的进程就会慢许多。

　　任广明住在外滩边上的锦江酒店,虽然是外滩,但看不到黄浦江,也看不到南京路。窗户下边是河南中路,之前散步的时候,看到浙江路、四川路、陕西中路,但就是没有看到外滩,虽然每个路标都有箭头指向外滩。

　　现在,他是有时间来考虑接下来该怎么办的,但首先,他必须要相信,有时自己认准的东西如果确实是对的,那就应该坚持。

　　他把车子停在合淮路那个岔口时,很担心有人会看到他。也就是说,他虽是来调查的,却不希望无关的人看到他,他自己也知道只有碰到对的人,才能起作用。

　　这个土包上有一棵树,他不知道这是什么树,不是冬青,不是泡桐,也不是柳树,有点像刺槐,但后来他否定了,也许是杨树,但叶子也不像。

他就权当它是枫树,对,枫香树。他很粗暴地下定论。

他带了把椅子,然后坐下来,打开茶杯,喝口茶,水温还不低。再之后,他就把头靠在椅背上,从这棵树下的位置向安丰塘看去,还好,塘面没有反光,再看六角亭,似乎视线有点浮动,他知道那是日光的效果。

后来,他看到与机耕路垂直的一条岔路上浮现一个人影,显然是从村庄那边过来的。

他很想举起望远镜看一下,可惜他手头没有,但他坚信这个人肯定是向土包来的。

她戴着一顶花白相间的太阳帽,看着像是村子里的,也像是城里的,说不大清楚。

我看到你到村子里去过。这个人说。

你叫什么?他问。

她说,我叫李婉,有人叫我小婉。

吃饭的碗?他问,然后笑了笑。他想把椅子让给她坐,但她马上向后退了一下,表示拒绝。

她说,我就是来找你的,我跟你说,我也看到了。

看到开拖拉机的?他问。

她摇了摇头,说,我看见了那个女的。

他激动地站了起来,他感到他坐在这里简直太必要了,马上把村子里的人引来了。

你是从哪看到我坐在这棵树下的?他问。

她说,我在我家屋顶上,我在拎一片瓦,就看到老远的土包上,树下边,一把椅子,坐着一个人,那个人就是你。

我到村子去过。他说。

她说,我知道,但我那时没想要讲这个事。

他马上判断出来,这个女人会有重要的信息。他说,你看起来不像这里的农村妇女。

你不要这样说。她说,我是谁有什么关系?我这不是来跟你讲了吗?她穿着那种介于塑料和皮质之间的凉鞋,拿着太阳帽扇了起来。

就是那个女人。她说。

你说什么?他问。你指哪个?他又问。

我是说你不就是在核实那个女人吗?她又说。

他只好拿出照片,当然他不太有把握自己是否有必要把汪丽的照片拿出来。

她看了一眼照片,说,对,我看到,上亭子的那个人就是她。并且,我就知道是她。

过去这么长时间了,你还记得?他问。

她说,并没有多久啊。

他想想也是,并不太久。再说,现在村子里恐怕没有人不在谈论这个事吧。

打捞浮尸的时候,你去看了吗?他问。

她用凉鞋在草上踏了踏。她说,远远地看了,但那时有警戒线,所以没往近了看。

他望着手中的汪丽的照片,问她,你觉得她时髦吗?

这个叫李婉的女人摇了摇头。

他说,你不认为她漂亮?

她说,你刚才说她时髦。

他说,那是同一个意思。

你搬把椅子坐在这干什么?她问。

他说,我就想会有人来找我讲话的。

她说,那我倒是来对了。

你坐下吧,真的请你坐下。他说。

我没有必要坐啊,我又不累。你看,那个亭子,我们都知道有这个亭子,但有多少人会真的上去呢?李婉说。

很可惜,她上去了。任广明说。

你做事情很认真。她很持重地说。他感到这个女人是值得信任的。

你帮了大忙。他说。

但我也有过斗争,我是说我本来不准备说的。她说。

都过去了,你讲了,但请你让我记录一下,好吧?因为这是程序,而且很重要。他说。

李婉说,那是的。

现在他在上海,他回忆他带着椅子和这个女人一起回到局里的时候,他自己有一点轻狂的感觉,完全是因为他在那树下一坐,一个屋顶上的女人就来做证,她目击死者生前上了亭子。

上海的晚风很凉,大概是掠过黄浦江的缘故吧。

现在跟浙江、江苏还有上海三地的警方以及有关方面都协调好了，对拖拉机手小叶的下落的追查，已经有了一些线索，只要抓到小叶，问题就会有进展。

25　小红

本来在江苏警方的协助下,应该可以把拖拉机手小叶的行踪给确定下来。因为小叶在江苏昆山的一个亲戚说小叶给他打电话,说要到昆山来一趟。任广明让小廖请示从局里抽调人手到昆山布控,但不知为什么,小叶并没有在昆山出现,可能小叶已经发现别人在侦查他的行踪。

任广明住在上海,他没打算到昆山去,可能他自己也预感到了,小叶不会出现在昆山,因为小叶应该清楚现在公安正在找他。由于李婉的指认,加上邢理花等妇女对小叶的拖拉机在六角亭现场出现的指认,现在抓捕嫌疑人小叶已经是最重要的办案方向。

任广明在摸排中发现,其实小叶是个老实人,至少在大圩这块地方,大家都是这么认为的。至于小叶为什么要杀害汪丽,这只有等抓到小叶以后经过审讯才能得出某种逻辑上的联系。当然,因为浮尸是在安丰塘里边出现的,所以,六角亭、安丰塘以及合淮路口这三个地点之间的时间和行程关系,仍有待进一步的调查。

从医学解剖上看,死者的死亡时间只是一个大致的时间段,包括死者在死后多久才被抛入安丰塘,这也要等到抓到嫌疑人审讯之后才能确定。

现在市局也抽调警力协助分局在江浙一带四处调查小叶的行踪。小叶的社会关系并不复杂,无非就是一些亲戚和同乡在江浙沪一带打工,而小叶本人在江浙一带做工也有些年头。只是近两年,小叶大部分时间是在老家大圩:一是因为大圩现在的蔬菜种植和农家乐发展很快,二是因为包括高铁和绕城高速在内的一些大工程项目都在大圩进行,所以老家的事情也多。

任广明在上海办案时,小廖突然打电话来说,有个叫小红的人正在给分局递材料,为小叶的事情申辩。这是一条重要的线索,他恨不得马上就回到合城去。小廖说事情发生得很突然,但就他目前掌握的情况来看,这个小红有点胡闹的意思。

任广明在电话中问小廖,怎么个胡闹法?

小廖说,这女孩说小叶是不可能干那种事的。

任广明说,你是说她认为小叶不可能会强奸这个汪丽?

小廖说,村子里的人议论最多的就是小叶强奸了这个女人,后来就杀掉她抛入了安丰塘。

任广明说,村里人议论是村里人自己的事情,但我们被动的是,因为汪丽的尸体在池塘里浸泡过久,所以对身体内提取物质的分析效果并不理想。

小廖说,但这个叫小红的人,口口声声说她就是小叶的女朋友,他有女朋友怎么还会强奸这个女人呢?

任广明在分局的会议上曾经指出过这一点,虽然死者在池塘里浸泡过久,但从体内提取的物质来看,死者有被奸杀的可能。

为什么说是可能呢？因为从目前来看，不排除死者生前与不止一人发生过性关系的可能。当然可能有时间差，也就是说不是在同一个时间里，但大致在同一个时间段。所以现在要确定的是小叶女友的出现能否解释小叶的犯罪动机，也就是说一个有女朋友的人为何在黄昏之际奸杀一名陌生女性呢？

小廖把小叶女友小红的申诉信拍了张图片，然后发到了任广明的手机上，图片清晰度不高。令任广明发火的是局里的一些技术手段实在是有问题，也就是说，法医在汪丽的尸体解剖上存在诸多症结，比如法医认为从死者体内提取的物质难以做 DNA 分析，因为并不能确定残留物是否是同一个人所留。

这就留下一个很大的问题，也就是说死者的体内不仅留有精液，还残留有一种现在还难以确定的润滑剂，显然这是从避孕套上遗留下来的。这也就基本上可以确定死者在出事之前，经过了两次性行为：一次应该为所谓的奸杀，还有一次是有避孕工具的性行为。但是，任广明认为，现在还不能指认那个残留精液的人就一定是奸杀者，同样，那个用避孕套的男人也有必要进入警方视野。

小廖在电话中还开玩笑地说，要是马上把小叶抓到了，也许我们还能抓到一个文明的强奸犯。

小廖认为没准这个强奸者先是用了避孕工具，也没准用了避孕工具，然后泄漏了精液。

任广明是否定这个看法的，对于一个黄昏作案的奸杀嫌疑犯来说，用避孕工具显然是别有用心的，也基本上是做不到的。

但是，小叶女友小红的出现，引起了任广明极大的兴趣。

据说市局的一个分队正在上海,但任广明没有跟他们见面。任广明的态度是一定要先稳住小叶的这个女朋友,等他回去以后亲自跟小红谈。

26　任广明

任广明在上海跟分局的同事没有见面,也没有顺着线索到江苏的常州去,而是按高老师提供的消息去了宁波。

高老师在电邮中跟他说,马上有一批好琴到店,你可以回来看看。

他回电邮问高老师,是什么样的东西?

高老师说,这是一批最好的雅马哈。

他本来是有点生气的,但没有跟高老师发火。高老师最近在上课时,有时掰他的手指,跟他说,你要把手打开。

其实他根本就不在意,有时他只是机械地在键盘上重复那些动作,至于什么音阶、音符,还有声音的高低,他基本上没什么判断。高老师在弹那些音符时,他几乎要睡过去。

高老师是个很圆润的女子,在钢琴上没有太大造诣,但非常有耐心。她曾以为这个来学琴的男人是别有用心的,于是也曾试探他,比如问问他家里的情况之类的,但他都敷衍过去了。

高老师有时和他挨得很近,有几次她柔软的胸部就靠在他肩部,他感到了一点诱惑,脸也红了,但他没有动,既没有让,也没有用力。也就是说他表现得像个绅士。

但高老师不这么认为,她觉得这个男人一定有什么问题。有时她想,既然这个人带我到郊外去过,想必他也是对我有感觉的。所以她倒对他格外地用心起来。

高老师的电邮如此强调这批雅马哈,这让他有了兴趣,他问高老师,这批琴什么时候到?

高老师说,现在苏经理正在宁波呢,货两三天就会回来。

高老师提到了苏经理,这让他反倒有些意外。他以前也听苏经理说过,这些日本的琴都是从上海那边的工厂统一发过来的。

怎么还有工厂呢?他问过苏经理。

苏经理说这些从日本海运过来的钢琴都要在上海那边的琴厂做统一的调试,然后再进入内地省份市场。

他马上给苏经理打电话,苏经理的声音有点清澈。他以为苏经理正在忙,苏经理却说不忙,只是在去吃东西的路上。

他问苏经理,为什么这次不是从上海拿琴而是在宁波?

苏经理说,这批琴不太一样,品相上要更好。

他说自己人在上海,还以为苏经理也在上海。

苏经理倒没有什么意外,也没有问他在上海干什么,只是说等钢琴回到合城了,他可以挑一台,如果他愿意的话。

我倒是想看一看琴。他说。

苏经理没太听明白,说,随时欢迎你啊。

他在电话中跟苏经理说,我不是说我到苏律琴行,我是说我想到工厂去看一看。

苏经理愣了一下,大约他没有想到,但很快就反应过来了,问他,你在上海忙不忙？

他只得说，我在办一件重要的事情，但我仍然想抽个时间到这钢琴工厂看一看。

他赶到宁波时正是中午，他看到了海，但一开始没到钢琴厂，而是在海边的一个很局促的像个广场一样的地方跟苏经理见了面。

苏经理说，其实也没有什么好看的，无非就是对从日本收来的钢琴做一下处理。

他听出了一点对方的疑惑，马上对苏经理说，你放心，我不过是看一看。

后来，苏经理就把他带到一个叫宝琴的加工厂那里去了。

他在那个巨大的像个仓库一样的厂房里看到了黑压压的成百上千的钢琴，有些甚至还没有从巨大的货柜里搬下来。宝琴厂就位于一座小码头边上，可以看到大海，听得到波浪的声响。

苏经理跟宝琴厂的一个师傅介绍了任广明，说是一个生意上的合作伙伴，也有可能做二手琴生意，想到工厂来看一下。

苏经理拿出一张表，对任广明说，你看我这里有所有雅马哈的型号、出厂年月，以及号码大小的排序和年代的关系。比如 U1、U2，比如 U1-1，还有 UA1、UA2、UO，等等。

苏经理摸着一台发黑的钢琴，上边的漆已经剥蚀得差不多了，但音色没有问题。

苏经理打开琴键的盖子，随手弹了起来。因为在工厂，他的脚没有压住踏板，只是笔直地站着，手尽量压低，他看见苏经理是抿着嘴的。

之后,苏经理说,其实就是在这里把漆面重新抛光处理一下,至于里边的弦和那块最重要的音板,是不会动的,这是雅马哈的精华所在。

但我听说德国的琴最好。任广明说。

苏经理有点意外,他们这时已经站到钢琴加工厂最里边靠近海岸的地方。苏经理说,单就音色来说,我反正是觉得雅马哈已经非常好了。

这我就不懂了,为什么钢琴做得好的国家,比如德国,比如日本,恰恰它们曾经是法西斯国家。任广明说。

这是另一回事吧。苏经理说。他一边说一边按住身边海岸的护栏。海水如此幽蓝,太阳明晃晃的。

我听过巴赫的《勃兰登堡协奏曲》。他说。

那是大曲子。苏经理说。

你会弹吗?他问。

苏经理说,以前弹过。

其实他不知道,并不是每种音乐都必须要通过钢琴来表达,有些音乐,钢琴也只能表达它的一部分。

他想起苏经理从没有问过他职业上的事情,现在他很想跟苏经理多一些交流,但苏经理没有任何多余的问话。

苏经理的头发在海岸边被海风吹得向后倾伏,宝琴厂里传来沉闷的敲击声,那是金属的声音。

远远地看到一只货轮向他们驶来,那是从一个大码头下了货柜集装箱之后驶过来的。

以前我真的以为钢琴里边的东西全部重新换过。他说。

苏经理说,那怎么可能,完全没有这个必要,你要相信钢琴,尤其是雅马哈钢琴,它们的使用寿命都在一百年以上。所以二十世纪八十年代的琴,也就是用了三十多年的琴,反而是最好的,因为这些琴已经和人类之间达成了某种灵性的默契,音色反而更好,甚至更优于新琴呢。

他说,这么说琴也要像人一样。

苏经理说,你这话有点意思,确实琴和人是可以互相滋养的。

27　香玲

奥体羽毛球馆的椅子是有多种颜色的,程军比较喜欢偏蓝色的那一块区域。那个周末,也就是任广明准备第二天再找他谈话的那个星期六,钢丝头硬是要他答应和她一起打球,而且她还叫上了那个心理大夫李敏,李敏又带了一个叫香玲的女子。

其实,他在和她打球时,她总是会朝她前方或左右场地的那些男女看来看去。有时他认为她的心理反倒是有些问题,但因为她球确实打得比他好,所以即使她分心,她一样也能够赢他。

她是开车把李敏的那个叫香玲的朋友接上的,一看就知道香玲平时根本就不打球,所以她几乎没有什么装备。

香玲是在一家公司的办公室工作,大概是因为朋友的介绍才跟这个李敏医生认识的。一开始程军以为香玲也是他们医疗界的,后来才知道香玲供职的公司其实什么都做。香玲一脸苦相,但程军的生活里也存在着这样的人——虽然面相苦,但他们普遍有着强悍的内心。

李医生自己开车从另一个方向过来。其实程军不大想见他,因为自从钢丝头介绍他跟李医生认识以后,他就发觉其实李医生在关于他的心理问题的认识上比自己也强不了多少,无非就是指出他对女性有一种依赖性。

什么依赖性？他问过李医生。

李医生说，你就想认识她们。

这也没有什么吧？他说。

李医生说，我说的认识当然不是说一般认识那个意思，而是指你总是在认识的时候，对她们产生一种无缘由的信任。

如果是信任，这又有什么不好呢？他说。

他记得李医生那时发火了，说，你没有认识到问题的严重性。看起来你是在认识女人，其实你是把你自己和每一个女人引向某种不确定性。你自己想想看，在现行的任何一种社会制度下，一个男人怎么可能和无数个女人在一起呢？

他当时试图用婚姻的负面性来回击李医生，但没有讲出来。

现在，关于他对女人的态度和认识问题，李医生正在寻找一种更恰当的方式来与他交流，他有点害怕跟李医生谈论这个问题。

到了球场，钢丝头自然是换了运动服，而那个香玲，也就是临时在售票处那里买了一条裤子，然后就挥着拍子进了球场。

李医生很健谈的样子，他拍了拍程军的肩膀说，老程啊，你也悠着点，跟你讲，我们的骨头可都不嫩了。

他实际上很反感李医生跟他讲这种话。

他跟香玲在一侧，李医生和钢丝头在另一侧。说是双打，其实他和香玲主要是给对方练手。因为香玲多半是接不住球的，所以发球或接一些难度大的球，都是程军的事情，而香玲不过是颠一颠球，或是在网前挡那么几下子。但香玲自以为打得很好，兴致被调动起来了。

他在那喘气,钢丝头用手指在对面喊,程军,你用心点,你看人家香玲球打得多好。

香玲很得意。

中间,他们休息,香玲和李医生本来就熟,坐网下的长凳,他和钢丝头坐侧面的长凳。

钢丝头还是像以往那样看那些打球的男女,羽毛球在网上飞来飞去,感觉像小鸟一样。

怎么样了?她问。

他说,电邮倒是来了几封。

要有点实质的。钢丝头说。

我是说她可以多在北京待着,在北京也能发展啊。他说。

钢丝头用手指在他脑门上抵了一下说,我跟你讲,你要往实质上讲,你要讲复婚,你还不明白吗?对于你们来说,一切的一切,都在于你们首先必须把婚姻关系恢复,然后你们才能发展。

他知道她所说的发展,也许指的是他们的感情吧。

现在,你很危险。她说。

你是说我会瘫痪?他问。

我是说整体上,是你整个人整体上的,你还不明白吗?至于你的病,你总以为你会瘫痪,或者语言功能出现障碍。我跟你说,这些还都是另一回事。对你来讲,在男女这件事情上,你相当有必要处于婚姻中。钢丝头一边说,一边抬起头看了看几米外和香玲说笑的李医生。

他马上也向李医生看了一眼。

你跟李医生讲了不少吧?我是说早年的。他说。

李医生也跟我讲了些,其实你早就有这么个习惯,对女人,你确实是个好心人。但是,你要知道,你必须处于婚姻中,这个对你太重要了,所以我才说你要有婚姻。她说。

他好几次都想把夏琳作为话题引过来,但钢丝头不给他机会。

钢丝头说,你看那香玲,刚才我去换衣间,跟她聊了几句,其实人家可不简单。虽然她是个没有学历,没有背景,从农村上来的女孩子,可她很有本事啊,她很早就把自己嫁给了一个可靠的人。

这女孩结婚了?他问。其实他根本不相信。

李医生从那边过来了,给他递了一瓶矿泉水。钢丝头和香玲在网前讲着扣杀的动作,大概钢丝头是在教香玲。

这香玲都结过婚了?他慢悠悠地问李敏。

李敏马上正了正脸色,说,先前我还跟你讲过,你不要老是去研究或是认识人家女孩子,她们有她们的路子。

程军有点生气地问李敏大夫,你把我跟你说的那些事那些人那些话都跟钢丝头讲了?

李敏说,我跟她讲的都是面上的东西,再说你们是这么好的朋友,有什么好回避的吗?

后来,他们去吃饭,这是打球后的保留节目,这次又去了马克西姆。

他在饭桌上才明白原来香玲也是离过婚的,这对于程军来说简直就是个笑话,因为钢丝头本来还把香玲当个好材料来说给他听呢。

钢丝头马上就纠正了,可是人家香玲又结婚了。

程军很难相信钢丝头,所以他就悄悄问香玲是怎么回事。香玲说,事情也很简单,离婚就是为了跟现在这个丈夫在一起,人一定要跟正确的人在一起。

这就是婚姻!钢丝头说。

马克西姆里音乐一直很低沉,他有时想,为什么没有人像吉普赛人那样在座位上唱起来呢?

李医生说,老程啊,其实上次你跟我说的那个下午的故事,我觉得你有空可以再捋一捋,我想说其实那时你本来会在女人问题上有一个正确的观念的。

什么情况?钢丝头问。

没什么,就是他十几岁时吧,大下午的,看着一个跟他同龄的女孩子向山上走去,自己就一直跟着。李医生说。

你们不觉得这就是老程的一个经典形象吗?钢丝头说。

28　夏琳

星期天,程军本来不打算和夏琳去花鸟市场的,但是因为任广明已经在电话中和他讲好了,周日下午要找他来核实情况,所以他就想上午到花鸟市场去散散心。

而夏琳是从没有去过花鸟市场的。

我觉得你需要一些市井生活。他对夏琳说。

夏琳反唇相讥,说好像他认为她就是一个完全不世俗的人一样。

那你倒是世俗来看看。他说。

他们在花鸟市场上看到了一个紫檀木的盒子,他俩拿了起来。夏琳说那一定是放蛐蛐的,他说他认为那是放首饰的。后来那个看店的小家伙说,这根本就不是紫檀的,只是仿那种木质,压在面上的是一层好木料,但也不是檀木,至于干什么用,随你们的便。

后来他们迎面碰到一个骑自行车的人,车前挂着一只笼子,笼子里有一只鸟,嘴巴在滴血。这时又过来一个人,跟这人寒暄,说,你老兄怎么老玩残疾鸟啊?

你听,残疾鸟。他有点怪怪地说。

这有什么好说的。夏琳一边说,一边就扭头向外走。

在花鸟市场外边,程军问夏琳到底是怎么了。夏琳只好说,这鸟嘴上流血,那是为了让它开口讲话,是学舌呢,怎么就是残疾了?

程军自然仍是不明白。夏琳苦着脸,上了汽车。

我知道你心思根本不在这里。夏琳说。

程军不想多讲下午任广明要找他的事,他只想到花鸟市场来散散心。

你不是要复婚吗?她说。

他不明白夏琳怎么会知道这么个事。

复婚是多大的事啊。他说。当然,他自己的口气是这根本就像个玩笑一样,因为这几乎又是个不可能的任务。

他担心她又看他的电子邮件了。

她是如何知道的?

他开着车,街上行人很多,一些摊贩把摊子也摆到了外边。

不会是钢丝头讲的吧?他心想。

这我是知道的,你现在总以为现实是不好的,你倒想要回到远古去吧。夏琳说。

但是,可亲到底也不是远古的人啊。他想。

我跟你讲,也就是我身边有人在那瞎起哄,说婚姻还是有婚姻的好,这才有这么个事。他说。

她倒没有立即把自己扯进来,也没有赌气要下车,大约知道复婚也不过是个说法而已。但如果他是奔着复婚去了,那么她夏琳又是一个怎样的女朋友呢?

他想到了那嘴巴滴血的要学舌的鸟被认为是残疾的,但终究那是要讲话的鸟。

我很清楚我该怎么做。他说。

难怪你还看心理医生。她又说。不过她很快别过头去,大约是她自己也觉得相当荒诞吧。

你心理有什么问题吗?她问。

他大声地说,绝对没有,我保证。

他知道那是另一方天地的事。

夏琳依在他边上,车开得很慢。外边的商贩一直叫卖着。

我觉得我们会想到一块的。他说。

她没有作声,但不知为什么她有一些感动。

29　任广明

任广明把琴谱翻过来,这样就可以在琴谱的背面写写画画。但在程军看来,这有点匪夷所思,他不认为这个人真的有什么名堂,可以说他有点不太拿他当回事了。

但是,任广明要找他来核实情况,他是配合的。他永远记得这个任警官带着个助手,一个油头油脑的家伙,把那张记录他乘车时间的纸摊在他面前。

他们坐的地方,能看到巨大的摩天轮,而近处的卖菜的妇女无奈地望着他们这个方向。

我为什么找你,你知道多少?任广明问。

你指什么?是指我知道多少事情,还是说知不知道你找我的原因是什么?他问。

任广明说,我就是要告诉你,你有责任和义务配合我们,这已经是我们对你足够的尊重了。

他听出任广明有脾气。

你中午在干什么?他问。

任广明把琴谱又翻过来,然后看了看,不过那些蝌蚪样的音符和针线样的线条让他目光很难稳定,他索性看窗外。

你现在可以跟我们讲一讲你跟汪丽到底是什么关系了吧?任广明说。

这重要吗?他问。

也许重要,当然,也可以说很重要。任广明说。

那为什么你要说现在我可以说了?为什么是今天你来问我?然后你认为今天我和她的关系很重要了?他问。

请你明白,我是指对这件事情,就是对这个案子。任广明说。

我不明白你们办案是个什么方式。他说。

那是我们的事。任广明说。

他俩一起看着远处的摩天轮。

现在我跟你说,24号,基本上我们可以确定这个时间,就是那一天,汪丽被杀。当然,那一天,我们找到用你的名字购买的车票,但我现在要问你的是,你是否认为你和汪丽的关系是重要的?任广明说。

程军把面前的烟灰缸推来推去,他思绪有点乱。当然,对方是十分缜密的,他们只是提供了调查到的一个客观记录,那就是他购买了车票,24号的。但同时,对方没有马上就这一点追下去,而问的是,你是否认为你们的关系是重要的。

我先不说关系,可不可以?他说。

反正你迟早要说的,不仅要说你和汪丽的关系,而且要说你是否认为你们的关系是重要的。任广明有点固执地说。

但我倒要讲这个车票,24号,可我没有办法记得那么清楚,如果你们从铁路部门那里拿到了我原始的购票信息,我想你们是拿到了可靠的东西的。他说。

你很清楚,你只是买了票,我跟你讲得也很明白,但问题在于,我现在要问的是,你跟汪丽到底什么关系？任广明说。

至于我们的关系,我可以说透的,这个不成问题。但请你不要回避,为什么你们拿到我的购票信息之后,没有建立我和这件事情的关系？或者说你们有什么证据或者理由认为我仅仅购了票,就和汪丽被害案有什么关联了？高铁不是一种公共交通工具吗？他说。

任广明掏出一支烟,他想点上,程军马上伸手挡了一下。他说,请你注意,我不能被动吸烟。

还是头昏？任广明问。

你知道我的病。他说。

是你们的病,一个病房的病,一层楼的病,一个科的病,一个省的病。任广明很重地说。

他知道对方说的也没有什么,但对方这是有脾气了。

任广明在琴谱背面胡乱地画着什么。

他说,如果你看到我有购票信息,那就很能说明问题,至少说明我像以前你们打印的那张大表显示的一样,经常乘坐这班高铁。

我提醒你注意,我们正在调查,但我们首先是找当事人核实。因此,我问你,你跟汪丽什么关系？任广明说。

可我宁愿你们直接就调查高铁啊,两地啊什么的,至于关系,有那么重要吗？他说。

好吧,你确实有一套,但我提醒你,即使有票,也未必乘了车,这是一个很好理解的问题。至于是否乘车,也是你们自己的事情,但放在这个案子里，还要看你到底跟当事人是什么关系再说。任广明说。

你这么说我完全理解。那好吧，我就说我跟汪丽的关系。因为我如果不说，至少你不那么理解为什么我有那么多次在芜埠和合城之间的乘车记录，对吧？程军说。

对，但仅仅是乘车记录也不完全对，是指购票记录，这样更准确。任广明说。

好，我倒是比你理解的要简单一点。他说。

我重申一点，你说的24号，我完全没有印象，再说我也不明白你们为什么就认为汪丽是24号出的事。但不管怎样，你们找到了我在这一天的购票记录，对吧？那我先认了这一点。至于你问我跟汪丽的关系，我没有办法直接讲我们是什么关系，我只能讲，我是怎么认识这个人的。他说。

这个你讲过啊。任广明说。

程军看任广明不把香烟盒放回口袋里，似乎不拿他当回事。

我可以讲一讲我私下里跟她是怎么回事。他说。

对方有了兴趣。因为之前程军讲了在医院里跟汪丽刚刚认识时的那些情况。但后来，他出院了，也就是说从医院出来之后，他如何跟汪丽保持关系以及两人如何相处，这显然是十分重要的。

但我不明白，关于24号，你们有什么发现？不然，为什么是24号？他问。

任广明看得出来，正是由于他们找到的他的乘车购票记录里有24号这一天的记录，所以他不可能不注重这个问题。

任广明把烟叼在嘴上，但没有抽。任广明说，虽然你有购票信息，但目前我们在查找那一天跟她有接触的每一个人,我想我们有必要来找你回忆一下你那天在干什么,你见到汪丽没有。

但你们有我乘高铁的记录。程军说。

但购了票不上车,或上了又下来,或者甚至根本就没去芜埠都是有可能的。任广明说。

我可以肯定地告诉你,我的购票信息就是我的乘车信息。如果你问我、调查我,我能告诉你的就是,24号那天,我是在高铁上的。我还可以负责任地多告诉你一点,你们那张表上所有的购票信息和我的乘车信息都是吻合的,也就是说,你们以后先把这作为一个基础吧,我就是乘了那么多次高铁。他说。

任广明说,这是你说的,我们会调查的。

那我就说出院后,我跟汪丽的事情吧。他说。

30 小红

如果不找小红,任广明不知道他还能遇见那头牛。当他再次来到大圩,并且找到那个叫样绿的村子时,映入他眼帘的那种黑幽幽的村庄里的暗色着实让他吃惊。

向南方望去,那是隐约可见的合城南站上方的天空,由于光线,他能联想到那里的喧嚣。

小红正在做家务,大概她父母因为小叶的这件事情,已经没有办法抬起头来,农村人就是这样,他们有一种近乎本能的羞耻感。当任广明出现在他们家门口时,他们继续感受到耻辱,他们也看到了某种希望。因为在小红父母看来,小叶虽然是绝不可能干出这种奸杀勾当的,但谁能肯定,在这个世上,你能够敌得过所有人对你的敌意?

这就是小红首先要跟任广明说的。她说,现在村子里几乎没有人不相信是小叶干的。

你是说小叶杀了汪丽对吧?是说村里人都这么说?他又问。

小红觉得任广明比她在分局见到的其他人要好些,至少是能够对话的。

你们局里不也这么认为吗?小红问。

任广明看着屋内她的父母,他生怕他们认为他是一个武断的人。所以他高声地说,一切都要看证据,因此我们先要找到小叶,这样调查才能继续。

小红说,可是,要是你们找到了他,那还能有机会吗?不管怎么样,他也是必定要承担这个罪名的。

任广明看见她家大桌上有一把扇子,真奇怪,在这样的农家居然有这种东西。

他向外边让了让,村口的树又老又粗。他想,也许在大圩被征地开发之前,这里是远望巢湖的一个绝佳的据点呢。这里的人应该很少会欺骗别人,他相信,包括邢理花、李婉在内的这些人不过是讲了实话而已。

我不相信。小红在村口说。

这个不太重要吧,小红,你有点倔啊,我们现在是在调查,既然那么多人指认了你男朋友小叶在现场出现过,那事情总有进展吧。所以你应该明白,你有责任配合我们,把小叶找出来,这你明白吗?任广明说。

你讲的那些是你们的事,在我给分局的信里我也讲了,我和小叶谈恋爱已经有好几年了,我们很快就要结婚了。你想想,一个那么老实的人,他怎么可能会在自己的家门口,在一个所有村子都能望得见的亭子里,去强奸一个陌生人,还杀了她?我怎么可能会相信呢?小红说。

哎,刚才我在你家大桌上看到了一把扇子,那是谁的?任广明问。

小红倒是没有反应过来,但她知道那把扇子。她说,那是我和小叶在浙江街头买的。

那你们怎么不在浙江做事了？他问。

小红说，我们搞了一个大棚，我们在大棚里种东西，本来还要回浙江的，只是不知道现在他怎么倒霉了，陷进这样的事情里。

那你说说看，他为什么会跑？他问。

这个问题倒是一下把这个郊区女孩给问住了，但任广明发现小红是足够聪明的，她马上反应过来。她说，那是你们认为他是跑，他不过是到外地去了，这是一点；另外，我只是告诉你们，一个人不会无缘无故就去强奸一个人吧，更不可能会无缘无故去杀一个人吧，所以现在假如他明白你们都在找他，他会是个什么心理？他能怎么办？

任广明和小红已经走到离那个土包不远的地方，但这个方向去往安丰塘不是一条直线，离十五里河比较近。

任广明说，小红，你现在唯一可以做的，也应该做的，就是帮助我们尽快找到小叶，这对他本人也有好处。

不是找，是抓吧？小红说。

你不要这样讲。我问你，在他走之前，他没有跟你说吗？他问。

小红说，是我去牵的牛。

这个说法让任广明很吃惊，因为之前邢理花讲述她看到拖拉机手的拖拉机时，没有确定上面是不是拴着一头牛，倒是另一个姓柳的妇女说那上面有牛，现在小红讲她拉了牛。

看来，至少是有牛的。

他问，你是说24号晚上吗，就是他逃走的那一天晚上？

什么叫逃走？小红反问。

请你配合我们,你要知道这是调查,况且你也有义务配合。他说。

但我不相信他会干出那样的事,所以我不能接受你说他是逃跑。她说。

好吧,随你怎么理解吧,但我的意思是,就是他紧接着消失了的那天晚上吧？任广明说。

小红说,我们不在同一个村子,再说那天他本来就是有事的。

有什么事？他问。

小红说,他要去拉肥料。

到哪？他问。

义城。她说。

义城又不远。他说。

但是,他确实没有拉肥料。她说。

关于他拖拉机上有没有肥料,这个上次他在找小叶的叔叔调查时已经核实过了,拖拉机上没有东西,并且第二天他叔叔把拖拉机从机耕路上开回来时,上边也没有牛。

但现在小红说她夜里把牛拉回去了。

你在哪拉的？他问。

小红说,在样绿村村口。

就是小叶那个庄子？他问。

她点了点头。

你是说,你莫名其妙到他庄上去,把牛拉走了？他问。

小红摇了摇头,站在十五里河河埂上,看着青绿的河水。

那是怎么回事？他问。

小红说，我接到他的短信，他叫我把牛牵到我们庄上去。

就这么点？他问。

其实，对于小叶最后消失前手机拨打的电话和发的短信，还没有进入调查，但是根据李婉和邢理花的证词，基本上可以确定他有重大嫌疑。

那你为什么没有打电话问他？任广明问。

小红说，打了，但他似乎很急的样子，电话中也没有多说，就讲把牛牵走。所以，我反倒是以为他精神上好像有什么问题。

你是说他很恐惧的样子？他问。

小红知道这样来讲，对小叶也是不利的，但也没有办法啊，她不过是不相信自己的男朋友会干出这种事而已。

那牛呢？他问。

小红说，牛还在，就在我们家屋后。

31 汪丽

在程军自己看来,那次在火车上,应该不能算是他们在他出院后的首次相遇,但是当他跟任广明谈起他跟汪丽的关系时,他是这么说的。也就是说,正因为是两个人的关系,所以他有必要把汪丽考虑进来,因为至少在汪丽的视角,那是他们在他出院后的首次见面。

程军从住院部出来,是经过任明山还有李晓灵、李淮玉等几个专家的联合会诊才确定的,大家一致认为,对于他的病情,现在还很难下那种很确定的判断,因为从核磁共振结果上看,他并没有明显的梗塞病灶。

但程军自己给医生提供的说法一直都是,他感觉自己随时都可能倒下去,也就是说他以为他还是很危险的。医院里都知道他跟夏琳约会的事情,所以对他算是比较负责任的,但夏琳坚持认为他不需要有太大的心理负担。

程军出来以后还是坚持吃药,当然后来钢丝头一直在给他开药,他把病情基本上跟钢丝头讲了,钢丝头对他的病有一个大致的判断,所以他虽然出了院,但并没有断掉跟医院的联系。

那一次跟汪丽的相遇是在火车上——当然,那是汪丽这么看的。

至于程军自己,他已经跟随她很长一段时间了——其实也不能叫跟随,他宁愿人们把这种方式称为一种体验。

他喜欢这样做,跟在离她不远也不近的地方,而高铁为他提供了很大的便利,并且他已经摸准了她的时间点,他知道那是什么一个时间段。很快,他就热爱上这种方式。

一般他不会太过接近她,因为从北京开往合城的高铁很多,加之那个下午的班次,基本上会留下两个车厢的票给芜埠至合城的乘客,所以他就会买票,然后他坐得离她远一点。

他之所以这么做,完全是因为他认为这是他的一项权利,他认为他有必要这样做。这样,他就可以在自己的内心完成对她的认识。他知道她很不容易,当然他更知道,在这高铁上日复一日飞驰的女人,也许本身也对这种方式产生了依赖。

不过,这样跟她同乘一辆高铁的行为并没有持续多长时间,因为那一次他出了事,所以汪丽就认为她是在高铁上偶遇了他。

他望得见她,但他总要斜着身体,勾着头,目光要略微抬一点,才能看到和他隔着七八排座位,靠窗坐着的汪丽。他发现她从不看东西,也不喝水,只是那样坐着。他有时压低帽檐,从她身边过,每次她都是那样坐着的。

这一天,他不停地伸头看她,列车飞奔,车里似乎有点凉,他精神上很放松。不过,他自己没有料到,忽然他觉得自己一下子无限地软掉了,那是他人生中第一次昏迷。

他陷入了一种完全无知的状态。

等他醒来的时候,他发现有人在扶着他,是列车员,一个胖胖的中年女人。不过,令他想不到的是汪丽居然蹲在他旁边。

汪丽见他醒了,连忙站了起来。

列车员说,刚才你昏过去了,幸亏车上有你的熟人,说你是个病人,并说这并不要紧。

他看了看汪丽,汪丽背着包,手按在他肩头。他迅速地反应过来了,刚才他昏迷了。对于他这样的病人来说,这完全是可能的,因为大脑瞬间供血中断,会造成这样的后果。

列车员问他感觉好些没有。

他点了点头。

他旁边座位的乘客在列车员的引导下早去了前边的空位子,这样汪丽就和他坐在一起。

列车员问他,你确定你没事吧?

汪丽对列车员说,谢谢啊,有我呢。

等列车员走了,四周的人都散开,汪丽才把包放下,打开小桌板,把手放在上边。他看到她手指修长,这跟夏琳完全不一样,并且汪丽的手指甲加了点亮亮的什么东西。

你怎么会在火车上?她问。

他说,没什么。

她又问,是从北京回来?

他摇了摇头,但他没有说自己也是从芜埠上的车。不过,他马上反应过来,也许列车员已经告诉了汪丽病人是从芜埠上的车。不过刚才情况危急,也许列车员未必就要讲清楚他从哪上的车,再说一定是汪丽从人群中挤过来,指出她是认识这个人的。

她一定会说,这是一个病人。

我刚才什么都不知道了。他说。

她拍了拍他的手说,没事的。

我们这样的人还是危险的,万一在别的什么地方突然昏迷了,那可不是一件小事。他说。

我们有多久没见了?汪丽问。

他数了数时间,但没有得出结论——他自己知道他一直活动在她乘坐的高铁上,他一直在望着她,已经有一些日子了,但现在他必须按她的算法来。

于是他俩一起计算了他出院的日子。

他比她爸爸汪顺义先出院,汪顺义在其后不久也从医院出去了。

刚才你脸色倒还好。汪丽说。

这个我不知道,我是一下子就没有意识了。他说。

你倒到地上去了,边上刚才有人说,你老是偏着头,好像在找什么人,或是什么东西。她说。

你之前看见我了吗?她又问。

他只好说,他完全没有看到她。

在这样的地方遇见你也很好。他说。

但我真想不到是以这样的方式。她说。

32　小廖

那辆原本 24 号停在合淮路通往大圩岔口的白色本田车终于在江西吉安被找到了,车子在一家修理厂,被一个穿黑衣服的小个子男人以极低的价格卖给了修理厂。车子成色很好,尽管可能因为跑长途,车子出了些问题,但车况仍很好。

分局派的人和小廖一起到吉安去把车子提了回来,作为重要的物证之一,本田车的出现无疑使案情更加复杂了。任广明没有想到的是,车子居然在江西出现了,本来他以为这车子要么已经被销毁,要么就永远不会出现,消失在一个别人都很难想到的地方,但车子还是出现了。

吴局长问他,你怎么看?

任广明说,如果我们能找到那个把车子从路边开走的人,也许我们会有所发现。

你认为是什么人开走了车子?是不是卖给江西修理厂的这个人?吴局长问。

任广明说,我看未必,也许把车开走的人,本身就是和奸杀有关的人。

吴局长认为任广明的思路出了问题。

目前的情况是,我们只能尽快抓捕那个姓叶的嫌疑人,至于你说的偷这辆本田车的人,可以从其他角度去看。吴局长说。

小廖递了一袋橘子给任广明,小廖说,吉安的橘子很有名。

他问小廖车行里的人对那个黑衣服的人有什么印象没有。小廖说他做了记录,但价值不大,这中间车子到底转手过没有也不知道。

任广明问他,难道你也认为穿黑衣服的小个子未必就是从公路边把车子开走的人?

小廖说,很容易让人这样去想啊,偷了车子转手或者丢弃都是正常的,对不对?

任广明目前还没下决心建议分局加大力度去江西寻找那个卖车的小个子,再说修理厂收这辆车子已经有一段时间了,现在要去找这个人何其困难。

车子是汪丽的。

一直以来从芜埠交管局传来的说法都是,出于技术原因,没有办法调取白色轿车24号出芜埠的录像。但任广明对这一点是不满意的,因为老合淮路是从淮南开始的,所以从芜埠出城只有有限的几个选择,但芜埠方面的解释是录像太不清晰,几乎无法辨认。

尽管这样,因为本田车已经从江西被找回,任广明觉得小廖应该到芜埠去把有关视频拿回来,实在不行,可以到北京去做录像分析。

小廖问他,你认为分析出城时的汽车录像有什么意义?

任广明说,不管怎么讲,至少我们要有完整的汪丽从芜埠出来的准确的行程记录。

你难道认为这里面还有其他人？小廖忽然问。

任广明吃着橘子，嘴角溢出汁水。他说，不论车上有没有其他人，但有一点你要明白，她是很少开车回合城的，再说车里有其他人也完全是可能的。

小廖说，摄录镜头如果分辨率不高的话，肯定很难分辨。

任广明又说，可是那天，24号，恰恰这个叫程军的就有购票记录。

那不正好说明他是在高铁上吗？小廖说。

你头脑跟别人是一样的，我再说一遍，我问过程军，他也是这么说的。他非常肯定地说，不仅24号，就是所有的购票信息和他实际乘车情况都是吻合的。任广明说。

小廖说，也许这人没有撒谎。

这个我不知道，但24号这人到底在不在高铁上，我们如果调到本田车出城的镜头，也许我们能看清车上到底还有什么人。任广明说。

小廖说，你怀疑程军是在本田车上？

这个我不敢肯定，甚至我也不这样怀疑，我倾向于认为，车子里应该还有人，至于是谁，我们需要做技术分析。任广明说。

任广明把那袋橘子拎到琴行去了。

33　喜仁

又过去了一个月。当程军开着他的宝马 X5 行驶在从四川入藏的那条弯曲而又危险的公路上时,坐在他身边的喜仁,终于相信男人总会为他们的哪怕是曾经十分微弱的念头付出某种令人吃惊的努力。

现在,程军就是带着喜仁去西藏。本来喜仁以为程军会带她从格尔木那条青藏线走,想不到程军选择的是从宜宾至雅安,到石棉时他才对她说,我们要从大山的大沟里进入西藏。

他看起来有一种率领军队的感觉。

这个从澡堂里出来的女子,其实从她知道程军真的会带她进西藏时,她就完全被激发起来了。她认为这个男人和他的父亲不一样,这个男人和其他所有的人都不一样。

其实,我不想伤害她。在石棉县城吃饭时程军对喜仁说。

你对夏琳的态度其实也有点问题。她说。

但我实在是不明白夏琳她为什么就不能想开点。他有点气恼地说。

她小口地喝着啤酒,他从她身上仍能闻到澡堂的那种味道,并且脑海中总会浮现自己苍老的父亲被她缠住的幻景。

她跟你谈了不少。他说。

喜仁点点头,青岛啤酒从她嘴角滋了一点沫子出来,她把它抿了回去。

她人不错,但病恹恹的样子,让人着急。她说。

他很喜欢这种饭店里的场景,比在旅馆里和喜仁在床边枯坐要有趣得多。对他来说,无非是说走就走的旅行,既然这个女人说过要他带她进西藏,那他就做了。

管他什么头疼不头疼呢。他喃喃自语道。

不是头昏吗?她接过话茬。

他一般也不大理她,她也不在乎。他知道他对她不是看得起看不起的问题,完全是被那种神经质一般的喜悦给纠缠着。

现在她完全不正常。他说。他看到身边的二郎山简直高耸入云。我们这样多好,这才是硬道理,到外边去,不能憋在城里,不然我们都得疯。他又感慨。

你跟她提可亲可不应该。喜仁说。

是她自己看的电子邮件,我哪知道夏琳会干这种事。现代社会,一个女孩子偷看别人的电子邮件,你说,你会干吗?他问。

喜仁说,我们在浴场的女子,这个算什么啊?偷看手机,偷发短信,抢别人的客人,这都有,这不算什么。

他以为她讲到了她和他父亲出的事,然后,他又把她带西藏去,所以他沉默了一会儿。

她拍了拍他的手,他扭了一下导航,心里很不舒服,心想到底喜仁还会拿每个人与她的客人去比较,只不过,毕竟父亲给她那点东西完全是不够她用的,她迟早仍然要回到澡堂子那里去,即使去过西藏也不行。

我不是去洗涤心灵的。她说过。

二郎山才不管她怎么想的呢。

车子在上坡,虽然季节还行,但天气已经显得恶劣了,明明是白色的水雾,却透着一种黑乎乎的滞重的东西。

她快绝望了。喜仁说。

为可亲?他问。

这倒也不是吧。喜仁说。

那为什么?他问。

夏琳这种女孩,她要的是精神生活,反正我是这么看的。喜仁说。

他怎么听都觉得喜仁现在境界提高了不少,大概她跟老爷子没少讨论夏琳的这些反复无常的情绪。

幸亏她不知道我带你出来了。他说。

她还是蛮信任我的。她说。

他很突兀地扭过头向前伸了伸脖子,想把喜仁的脸看得清楚些,他想知道说这句话的时候喜仁是什么表情。他有这样看过夏琳吗?

34　任广明

任广明本来是不准备带小廖一起飞四川成都的,现在他心情很不好,但小廖最近老是担心他的这位上司,并且他从心底里认为老任多少有点问题。

因为小廖发现这家伙在琴谱背面随便记下的东西里,总是会有一些奇怪的形状。

他知道任广明的练琴老师叫高同。高老师跟小廖在西环广场那边碰上面时,忍不住向小廖打听他的这位朋友到底是干什么的。

他不愿意跟高老师讲他老兄是干警察的,他就是不想说,但高老师一再追问,他只得说最近他的这位朋友心理压力大。

所以要来学琴,这也说得通。高老师说。

小廖一直不知道琴行里有个苏经理,他以为像高老师这样的人也不过就是按部就班地教一点皮毛而已。

小廖到琴行去过一次,在那些小教室外边晃荡,他心里在想,要是局里知道任广明在练琴,说不定局长他们就会对任广明有看法了。

也正因为他跟任广明关系近,所以他晓得这里边有不少不可言传的东西,所以他就主张要跟任广明到成都去。

在合城机场他们碰上面,任广明到得要早一些。

可亲的信,你打印了没有?任广明问。

小廖说,我已经打印了好几份。

信的内容当然有点令人意外,不过任广明觉得现在跟程军谈话可能会更加麻烦。不过,这个季节,突然往西藏去,并且是和那个女人一起走,这也够邪乎的。

你对钢丝头有没有反感?他忽然有点愤怒地向小廖抛出这个问题。

我跟你讲,领导,我对这个女人压根就没正眼看过,你不觉得这人太"博士"了吗?小廖说。

什么狗屁博士。任广明说。

在飞机上,任广明在看一本杂志,《三联生活周刊》,上边有一篇写马勒的文章。

小廖在边上感到上司很可笑,马勒,你懂啊?你一个办案的老油条。

他也知道小廖对他学钢琴非常有看法,但人就是这样,总要有个活头,学钢琴又不是什么坏事,是音乐教育呢!

他们已经提前找人租到了车子,到了成都机场后,他们要从另一条路赶到石棉,在石棉那里争取能尽早尾随上开宝马 X5 的程军和那个女人。

他们租的是一辆老式吉普,底盘更高,车况很好,他们开得很快。

这女人就是个神经病。任广明说。

你这么说都算客气的了,我记得问过几次话,她那种神态就好像她不认为病人或病人家属跟她有任何关系一样。小廖说。

可她又不是大医生。任广明说。

我们会在到朗格镇之前追上他们的。小廖说。

手续都办好了吗？任广明又问。

小廖努嘴向后排座位示意了一下，意思是对付钢丝头没有问题。

光凭可亲的材料恐怕还不行。任广明说。

人家可亲已经把钢丝头的电子邮件截图、录音，还有微信截图都提供给我们了。小廖说。

这女人行。任广明慢悠悠地说。

他俩车速很快，无暇顾及路边的风景。

头儿，你好像不大对。小廖说。

学钢琴的事，我们回去再说。任广明说。

只要追上他们，看他们进了房间，我们就主动了，我们也就有底气了。任广明又说。

35　程军

　　朗格镇派出所的老厉还是不太明白,这两个从合城远道而来的人到底要干什么。尽管小廖已经想方设法把问题简单化,但老厉隐约感到这两个人并非真的像他们说的那样,只是在为一件普通的案子调查这两个同样风尘仆仆从外地进藏的旅行者。

　　老厉到朗格旅馆敲开程军和喜仁所住的房间的门时,他很意外地发现,这两个人只是坐在窗前,每人面前都泡了茶,好像正在争执的样子。

　　老厉一看程军就知道这是一个很有来头的人,所以他也不敢太过鲁莽地问话,只是带一点点威胁的口气说,既然你们住同一间屋,而且又是远道而来的,证件总要齐全。老厉甚至都没提有没有结婚证的事,因为现在这个年代,谁还就这个事来难为人家呢?

　　桌上放着两杯茶,两人又没有在床上亲热,这就更使得老厉必须文明执法了。

　　其实程军反而看出来,老厉大概是底气不足,人家好好地住宾馆,凭什么去查房?

　　随行的同事其实已经拍了照,所以老厉只是大概核实了身份,也就退出去。那个叫喜仁的女人甚至在前台都没有登记,在朗格镇都是这样,住店只要登记一个人就可以了。

老厉到楼下,把同事拍的照片给坐在吉普车上的任广明看,任广明发现根本就不是钢丝头,这让他大为吃惊。

老厉问,老任,你到底要找他们干什么?什么方面的事?

老任说,不是什么大案子,我们只是要找另一个人。

另一个人?老厉问。

小廖还是想办法把老厉他们支走了,老厉临下车时跟任广明说,其实看他们那样子,一会儿肯定要下楼到街上吃饭,你们可以在这里蹲守,一会儿一准下来。

任广明等老厉走后,就跟小廖说,原来这个钢丝头不在车上,看来这家伙在结交女人上面有一手。

当然小廖可没有心思听任广明这样讲,他也知道任广明不过是自我解嘲罢了,其实任广明哪会在乎这些结交女人之类的事情?他想从钢丝头那里打开缺口,作为一个有着独特办案经验的警察,任广明肯定有这个本事。

还是要给他点颜色。任广明对小廖说。

有这个必要吗?小廖反问。

任广明发现小廖近来对他的态度有点变化,他想这肯定跟他学钢琴有关,但是学钢琴的事,跟你这样一个下属又怎么谈呢?

任广明还是给老厉打了个电话。老厉有点意外,以为任广明要跟他讲这次调查的幕后实情,但当任广明跟他讲,要给这两个人制造点麻烦时,老厉发现这两个远道而来的办案人员其实并不信任他。

怎么做？老厉问。

任广明说，就是给他们一点麻烦。

到了半夜，这对男女始终没有从楼上下来，老厉只好让镇上的派出所再去查房。这次老厉改了态度，表示要严肃处理，因为喜仁没有证件。

老厉他们把程军和喜仁都带到旅馆的大堂，在那里程军还是很不配合，他声称自己有证件，喜仁是自己的女朋友，怎么能这样对待来西藏游玩的人呢？

后来，老厉就让程军给当地的派出所打电话，除非能证明他女朋友的身份，否则他们就只能待在这里。

坐在大堂拐角暗处的任广明看见程军对老厉他们几乎是仇视的，他心想，程军带这个女人到西藏干什么呢？

老厉接到任广明的短信，就问程军，你为什么带这个女人到西藏来？

程军说，我女朋友，叶喜仁，她一直有一个愿望，她想让我带她到西藏来。

你女朋友？老厉诡异地笑了一下。

你女朋友应该叫夏琳吧。一个声音从大堂拐角那里传来。程军向那边望去，一开始他甚至都没有反应过来那是任广明，因为那里光线不好，但声音他还是熟悉的。

任广明和小廖走到这群人中间，程军很惊讶地问，你们也太过分了吧？追查我，追到这了？

任广明让老厉的人往边上让了让，他小声地对程军说，现在还有心思带女人出来玩?

你什么意思?程军问。

你说什么意思?任广明有点严厉地说。

我怎么知道你们什么意思?!程军发火了。

注意你的态度!小廖上前推了程军一下,任广明把小廖向后扯了一下。

还是让他打电话吧。任广明扭头对老厉说。

这是你们做的局,你们调查案子,有什么了不起?怎么可以干预我们老百姓的正常生活?程军大声吵起来。

案子的事,我们一会儿说。任广明不但声音更严厉,而且向老厉使了眼色,老厉和手下便把程军和喜仁带到大堂拐角那儿去了。

现在倒是任广明和小廖站在大堂最明亮的地方。

36　程军

　　他们同乘一辆车往石棉的方向回返,本来事情解决了,程军可以和喜仁继续往西藏去,但程军说什么也不愿意了。

　　程军没有想到,老厉他们还是用喜仁的手机给夏琳打通了电话,所以这旅行就没有办法继续下去了。

　　夏琳和喜仁通了电话,夏琳不是很吃惊,因为她知道喜仁不是个坏女孩。

　　你们跑那么远?电话中夏琳问喜仁。

　　喜仁生怕夏琳发火。她在一大堆当地民警的注视下,给和她同行的人的女朋友打电话,并且是以核实自己身份的理由,所以她几乎不知该如何解释,她说,我只是拼命想来一趟西藏。

　　你们不是到了吗?电话中夏琳说。

　　老厉已经从夏琳那里核实了身份,夏琳还要跟喜仁说,喜仁讲,一切还是待回到合城再说吧。

　　程军没跟夏琳多讲,但是老厉要求他跟夏琳也讲话,以便核实与他同行的女人的身份,在程军看来这完全是疯狂的举动。

　　夏琳反倒没有在电话中指责程军,她只是很小声地说,为什么不是可亲跟你一起去呢?

程军有点想笑,他想起喜仁反复跟他讲的,这夏琳现在心思都在可亲身上,难道在别人眼中自己真的像一个一心要去复婚的人?

因为夏琳知道了他和喜仁去西藏,所以无论如何这西藏是不必去了。租下的车子,由老厉他们还回成都去。小廖帮程军开车,喜仁坐前座,任广明和程军坐后排,四个人沿着险峻的公路往成都方向开。

大概是晚上九点钟,因为赶到下一个镇子还有两个钟头,路边一直没有饭店,所以只好在一道坡的坡顶那里停下歇息,顺便喝水吃点饼干。

四周大山巍峨。

吃着饼干的程军很是纳闷,他对蹲在路边的任广明说,你这人累不累?你跟我们这么久,什么也没捞到,你对我的私生活感兴趣?

程军的话当然不友善。任广明说,请你注意,你要协助我们调查。

程军没有想到他这样随意几句挑衅的话,却把任广明给激起来了。

知道我们干吗跟这么紧这么急,到西藏我们也追上来吗?任广明站了起来。

我怎么知道?你屁办法没有,还能讲什么?这桩案子,你办得像个什么样子?程军没好气地说。

头顶是万里星空,脚下的公路清冷,四周的大山沉默,自然之光暗淡。

任广明看程军脸色铁青,他晓得对方西藏没有去成可能跟案子也没什么关系,但谁能想到他带的是这么个女人——自己老爷子的相好?

任广明对程军的社会关系基本上已经梳理得很到位了,但还是没有想到这家伙真的会带这么个在澡堂子工作的女人去西藏。

你对她可够费心的。任广明说。

程军踩着脚下的青草。你无能得很。程军说。

任广明知道对方是在说他的办案能力。现在同行的就这几个人,没有必要弄那么僵,况且他始终认为程军到底是个讲道理的人。

我现在告诉你吧,你的麻烦终究会搞清楚的。任广明说。

别讲什么麻烦,我们各有各的麻烦。程军说。

任广明不担心这样的人,因为他遇到过比程军这号人更难搞定的人。

实话告诉你吧,我们掌握的材料是,你很可能和钢丝头一起来西藏。任广明说。

这个说法反倒让程军颇为意外,怎么会扯到钢丝头身上?

程军问,我干吗带她来西藏?

你和她还不够密切吗?任广明反问。

小廖站在路边吸烟,喜仁坐在前排,头伸到窗外,空气有一种凛冽的感觉。

所以我说你要配合调查。任广明说。

那是你们的事,我告诉你,现在你们也清楚,我这人不大记恨人,这样我们还能同乘一辆车回成都,你们有什么本事搅乱我跟这女人的行程?程军有点不屑地说。

你对身边人了解多少?任广明问。这时有一辆车从山底下向上开,多少显得有了些气氛。

什么意思？程军问。

实话告诉你吧,对于钢丝头,我们早就在盯了。任广明说。

程军想起钢丝头跟自己多次讲过的,她很不在乎这些人来调查汪丽的事,但程军相信其实钢丝头是很烦任广明他们找她麻烦的。

你前妻倒不错。任广明说。

程军最不喜欢别人跟他讨论他的前妻。

我现在的女人叫夏琳。程军说,他并不是想把话题引到夏琳身上,他只是不希望这些乱七八糟的事跟自己前妻扯上关系。

任广明抓住可亲这个话题不放。他说,为什么我们会认为是钢丝头和你去西藏,你想过没有？

程军没好气地说,那我怎么知道？你们鬼头鬼脑的,再说你又不是一般的警察,你像个神探似的。

任广明也不在意这男人糟扯,反正现在是在川藏公路上。

可亲这人不一般,是她给我们写的材料,我们认为你和钢丝头在一起的可能性大。任广明说。

你说什么？可亲给你们写材料？程军问。

这时从山下来的车子大概转了好几个弯,从目测距离来看,没个把小时是开不到山顶的。

不认为是材料也行,反正可亲谈到了钢丝头。任广明说。

程军怎么也不会想到,可亲也会裹到这件事情里。

她和这一切无关。程军说。

真的无关？任广明反问。

你们不能随便破坏别人的生活。程军简直在咆哮了。

你声音小点。小廖在路边喊道。

喜仁却在前排笑了起来,她认为这些人迂腐得可以。

你前妻是什么人,你想过没有?任广明一边说,一边推了程军一下。程军有点醒悟了。

钢丝头从程军这要的可亲的联系方式,因为钢丝头总是劝他复婚,这是很明确的。钢丝头是个一意孤行的人,既然这样,谁能保证她不会有什么动作呢?

就这样,可亲给我们写来了材料,她提到了钢丝头,尤其是钢丝头和你,现在你明白了吧?回到合城,我们可以好好谈谈,那个材料毕竟是你前妻写的。任广明说。

37　任广明

　　大家在路上走走停停。任广明提到了可亲,程军认为反正自己是搅在这件事情里了,但他觉得任广明不是一个他想象中的那种刑侦高手,否则任广明应该看得出来他为什么会带喜仁来西藏。假如说到愿意为女人做点什么,他宁愿为喜仁这样的女人做点实实在在的事情。

　　不过程军已经收到好几条夏琳的短信,夏琳讲老头子已经气得不行。

　　什么意思?显然夏琳不会对他父亲隐瞒整件事情,尤其是程军把喜仁带到西藏,在路上还出了查户口这档子事。他自己倒不怕去应付父亲,因为当初父亲在澡堂子为喜仁出了丑,还是他去救的场。现在反过来看,自己年轻一点,带她出去玩玩又有什么不妥呢?

　　他们一行人住在石棉县,宾馆就靠在山崖上,起初程军劝任广明喝点酒,任广明讲,我哪有心思喝酒?

　　程军说,你看还有比我更配合调查的人吗?你让我随你们回去,我也就回去了。

　　还有我。喜仁在边上说。

　　就是,我也不怕,证据呢?你们不过就是逮着一份我从芜埠到合城的买票单,这管用吗?程军又想老调重弹。

还是任广明把大家的话给打断。目前当然谈不上什么嫌疑的,但现在这一趟,虽说是调查,但我之前也跟你讲了,我们以为进藏的是你和钢丝头,现在换成了喜仁,我们没有想到。任广明补充说。

对啊,我们不是嫌疑人,但我真不明白,你们怎么可以以调查的名义把我拉得这么深?你是我什么人?我是你什么人?程军喝了一口酒说。

你不是不能喝酒吗?喜仁夺过酒杯。

我的病谁当回事?我问问谁当回事?程军加大嗓门说。

我们问过钢丝头,她说她把氯吡格雷片都开给你了,她也说你没有事。任广明说。

不过还是少喝点,你还带着女人。小廖有点悻悻地说。

听这口气,他们其实哪管他带什么女人。

他们住在并排两个房间,后窗都是并排朝向山崖的,密封性很不好,几乎可以听到隔壁房间的动静。

程军在进门前问任广明,我到底睡哪间?没有证件不是不能同居吗?

任广明很重地把门甩上说,你问我?你们男男女女的事你问我?

小廖也被他上司给弄糊涂了,程军那不是明摆着激将你吗?

在房里,听不到他们有什么动静,反正喜仁来回抱怨的都是,任何事想做成都难,到西藏也是这样,都进藏了居然还被堵了回来。

这阴魂不散的汪丽!喜仁在房里来了这么一句。

任广明相信他不会听得到隔壁男女的欢爱之声,看这男女的糙性觉得他们也不像,再说一个从澡堂子里出来的女人,到底能有多少吸引力?程军要干什么?

他到走廊上抽烟,走廊朝着院子,忽然他发现在院子最拐角靠近墙角和山崖的地方停着一辆很别致的车子,因为光线昏暗他不大看得清楚。

他点上烟吸了起来,院内有红光,那是宾馆房顶顶灯闪烁的缘故。

他记起和程军在路边讲话,在山顶上时曾经看到一辆车从山下开来。不过没有追上他们,他们就又出发了,他凭本能感觉这车就是那一辆。

他扭头把小廖喊了出来,他指了指那辆车问小廖,你看,那是什么车子?

小廖说,看不清。

小廖回到房中去,说过一会儿他下去看一下。不过有什么好在意的呢?小廖想。

任广明回到房中,他能听到隔壁喜仁在卫生间里洗漱的声音,显然卫生间门都没有关上。

这隔音不好,等会儿他们要干那事,我们都听得到。小廖说。

任广明从桌边站起来,往后窗那里去。他说,这些人什么事干不出来!

不过他心不在上边,整个二层就他们两个房间住着人,他很担心这样的安静。

担心什么呢?也许他也意识到要是隔壁这一对男女欢娱起来,太不雅致!

但是,他很快意识到事情的诡异不在这里,而在于他认为他听到了琴声。

怎么回事?他皱起眉头,他还没有跟小廖求证,他明显是听到了从院子里,应该讲,是从院角那辆车子里传来的钢琴声。

他竖起耳朵,这时他坚信从风中传来了琴声,声音非但不闷,反而有点脆,在这样的声音中马上又传来了隔壁男女的哼声。

他往门后去听,小廖在卫生间里,卫生间门被扣上了,他可以在屋中来回走动。他贴着木门,竖起耳朵。他确信他不是幻听,是琴声。

小廖从卫生间出来,冷笑了一声说,他们没干那种事。

老子又不是听这个。任广明有点恼怒地说。

小廖觉得自己玩笑开得很不合时宜,所以往床头一靠,打开手机里的音乐听起来。他戴着耳机,任广明把他的耳机扯下来,很严肃地说,你到底听到什么没有?

小廖说,头儿,你也太尽职了吧,跟你讲,这男女没干。

我说的是另外的声音。任广明说。

小廖坐起来,也听了起来。

钢琴!任广明说。

小廖摇了摇头。

任广明说,我听到有人在弹琴。

小廖只好穿上衣服,下了楼。到了院子,他看见任广明站在走廊上指着院角那辆车子。小廖迅速靠近,不过他在车前驻足了几分钟,什么也没有发现,这能说明什么问题?

他回来时跟任广明说,你幻听了,头儿,那辆车上什么也没有。我敲了货厢,没有什么啊。

后来,任广明自己也下去了一趟,他在车厢边站了许久,虽然不能确定哪儿有钢琴声,但他认为这车子不是没有来由的。

再后来,他也得睡觉,但听得到琴声依旧,他就下楼到前台问那辆车的情况。

前台的人说没有登记车辆的习惯,也许是客人的,也许是旅店外边的,谁也不知道,这石棉城进进出出的车子太多了,谁能弄明白。

38　夏琳

　　夏琳现在不到医院去,但医院里的人和事也还是瞒不过她,更别说男朋友程军老是去那里找医生钢丝头开氯吡格雷片。

　　程军回到家中,他们差不多有半个月没有见了,他以为她多少还是会讲起他带喜仁去西藏的事,但想不到夏琳倒是讲起了钢丝头。

　　现在丑出大了。夏琳说。

　　我准备抽个时间都讲给你听,不是你想的那样。程军说。

　　不要讲西藏啊。夏琳把书放下说。

　　她到阳台那里把花草理了理,中间她还扭头说,你总该给你父亲回个电话吧,他老人家都盼了你好几天了。

　　从四川回来哪能那么快？他说。他去打水,想帮她浇花。

　　她挡了一下,说,你不要死浇水,不是这么个浇法。

　　他看家里边也没有什么变化。其实去西藏完全是对喜仁有过一次承诺,他还是有点担心父亲会磨不开面子,中间虽然指着自己去送钱捞人,但现在明目张胆往西藏带,到底算是谁的朋友呢？

　　我说的是钢丝头！夏琳把阳台的拉门关上,坐在沙发上,看着站在电视机前的程军。

怎么回事？他故作镇静地问。

人家不是追过去拿她吗？谁不是以为你带她一路进藏呢？她说。

他也就不反驳自己带的是喜仁了，再说喜仁中间还跟夏琳又联系了几下子，好像这中间没有什么尴尬。程军心里不明白，怎么夏琳反倒对钢丝头有点重视了。

现在医院的人都说这钢丝头有麻烦了。她说。

什么麻烦？我真不大明白。他说。但他心里想的却是任广明在到达成都前后跟他讲过的可亲写来的材料。

有人说现在已经把她控制起来了。夏琳说。夏琳是个闲事不问的人，从她嘴里讲出这个，当然让程军更为意外。

不管怎么样，我看她这人大概不会是坏人吧？他说。

什么是坏人？你算不算？夏琳有点激动地说。他看出来，她心里真正在意的还是可亲。

你们可亲写的好材料。夏琳很重地说。然后她就到卧室去，留下他在客厅，他很是不明白，自己跟夏琳到底算是怎么回事。

他拨钢丝头的电话，电话当然是接不通的。他也有点相信所谓的钢丝头被控制了。

他跟那个任广明讲好了，回合城以后要听他的通知，随时要去分局协助调查。他倒是很想有机会看到可亲写的那个信。

晚上，他和夏琳去了父母那里，他母亲一把拉住他，几乎泣不成声，好像发生了好大的事。母亲问，到底出了什么事？听说是公安把你们给截回来了？

他扭头看父亲那个方向，但又不敢正面看父亲，母亲只知道一点皮毛,她哪知道那个叫喜仁的女孩子是父亲从澡堂子里泡出来的妞呢?

没什么,一个朋友,出去玩,他们要找另一个人,以为跟在我边上去西藏。他说。他说的也是实情。

父亲坐在一盆兰花边上,咳嗽了几下子,他只能停住。

都处理妥当了?父亲问。

他说,还行,没多大事,反正那人不在我车上。

究竟什么人哪?父亲又问。

夏琳因为跟他母亲一直合不来,所以赶紧往他老父亲的兰花盆那边去,手还扶着兰草叶子,对老父亲说,他跟那个豹纹衫女人,我看是扯不清了。

老父亲怕他讲喜仁,所以对夏琳这么具体地扯到一个什么豹纹衫女人自然是马上回避的。

什么豹纹衫?父亲站了起来。

但夏琳没有放过,对老父亲说,你们还不知道?就是安丰塘那个案子,汪丽浮尸案。

报纸上倒是有。父亲进卧室去了。

儿子,你头昏,你不要掺和这些事了。然后,老母亲凶狠地瞪了夏琳几眼,在老母亲看来,程军带什么人去西藏没有什么大不了的。

程军觉得总要给老父亲一个交代,所以临走前,他到卧室去对老父亲说,过几天我们去洗澡。

老父亲没有作声,也没有反对。

39　高同

  钢丝头并没有像医院里传的那样被控制起来,事情还没到那一步。但夏琳这么一说,程军打她电话又打不通,他倒是有点着急了。不过他跟可亲也没法联系,可亲既然已经写了材料,一定是发现了异常。

  任广明本来答应要请高老师吃饭的,但他比程军他们要晚了两天回到合城,因为程军、喜仁和小廖一起从成都飞回合城,任广明却要另选路线。

  高老师说,我请你吃饭,我跟你讲讲乐理。

  没有这个道理吧,任广明心想,哪有老师请学生的?

  高同老师施了妆,胸部高耸,他忽然发现这女人好像通电了,这是怎么回事?

  在小琴房里,因为他落的课太多,所以高老师恨不得握住他的手,对他悉心指导。

  怎么回事?他问。

  你是个人物啊。高同说。高老师头发烫了,眉毛也修过,女人因为有音乐,自然可以更加浪漫。

我不明白。他说。

你在办大事。她又说。

他索性站起来,琴房很小,但这老师似乎嫌不够刺激,说,你在本市是个人物。

这都哪门子事?他心里纳闷。

但高老师也不明说。

他只好跟她去吃饭。

肆拾贰号菜馆,店里黑黑的,都是灰木装饰。高老师点菜。

我跟你讲吧,我学不会的。他说。他从包里把琴谱拿了出来。

这个你先别下定论。她说。

跟我说吧。她说。

说什么?他问。

说案子啊。她说。

迟早都要知道的。他说。她在边上摇晃了几下,很得意的样子。

你什么时候知道的?他问。

她说,也才知道,你是个办案的,办的还是那个案子。

汪丽案。他说。

对啊,城里谁不知道这案子!难怪那次你带我去大圩,你也够玄乎的,不跟我讲,把我带那地方去。她说。

也没什么特别的意思。他说。

她给他倒酒。他说,你不要劝我酒,我有公务。

你有什么公务?神探啊?我的天。她说。

不如我们弹琴。他说。

她拎了拎衣服的领子,他发现她很丰腴。他忽然问她,你平时在家弹琴吗?

别说家里的事!她别过头去。

他不知怎么应付,但他很想尽快结束饭局。因为是在包间里,所以高老师有点无所顾忌了,她故意挨他很近,拉他的胳膊,有点撒娇地说,跟我讲讲那个案子,讲讲。

讲汪丽?他反问。但他抽胳膊时,反而被她把胳膊拽到她胸口的位置了,肉肉的,酥酥的,音乐老师还是有味道的。

你讲浮尸吓我啊。高老师有成熟女人的娇气。

40　钢丝头

任广明并没有把可亲写来的材料给任何人看,当他把钢丝头喊到分局来的时候,他同样也没有给她看可亲的材料。

钢丝头本来是准备在外边接受调查的,现在她压力比较大,医院还有社会上传她话的已经比较多了。

但既然任广明敢把她喊到分局来询问,这表示她差不多已经彻底被动了。

他给她泡了茶,现在还是比较客气的。她是博士,是医生,是知识分子。

有你的材料,我们才请你来的。他说。

以前你们到医院调查也问过我话,还问我去没去过芜埠。钢丝头说。

他看出来博士跟别人的智商到底是不一样的,但他压根就不太看重这个。他不管别人的智商,他多少还是看重知识,因为你有知识,所以你更应该讲道德。

直说了吧。他说。我们有一份材料,说你介绍了一个女人去认识一个网名叫佟掌柜的人。

这从哪说起？她问。

他不得不狠一点，所以就直接讲了，别人写了材料，讲了你介绍这个女人跟这个佟掌柜在网上认识，然后，像许多故事一样，这个佟掌柜对这个女人发起了情感攻势。

那是他们的事。她说。

隔着玻璃窗，她看到外边的人进进出出，有打架挂了彩的，也有申冤的，反正很闹腾。

他把一张纸推到她面前。

我们没有确定你这是干什么，但我们相信你应该明白，我们在调查汪丽案，所以我们不是孤立地谈你介绍一个什么男人去认识一个女人，现在你清楚一点了吧，讲实话。他说。

钢丝头喝了口茶。她问，你到底要问我什么？

他说，我们在调查，我们能确定的和不能确定的，我们都要找当事人核实。

是调查还是核实？她问。

他差不多想拍桌子了，但他知道这个女医生整天和神经内科的患者打交道，这是个有耐心的博士。

蒋荣是谁？他问。

我不知道。她说。

什么意思？你会不知道？他问。

我说的是他是什么人我不知道。如果你问我认不认识一个叫蒋荣的人，那我可以告诉你，我认识。她说。

这样讲也行，不过这个蒋荣我们先放一放，我们谈程军，另一个朋友。他说。

说到程军,博士嘴角浮出一点笑容。

我的病人啊。她有点怪里怪气地说。

仅仅是病人?他又问。

是朋友。如果你们公安这样来定性也行,反正你们可以随便定性。她说。

她调整了一下坐姿。不知为什么,他讲到程军,把这个女人给讲硬了。

他果断地捶了一下桌子,但博士并不害怕,反倒是他自己需要思考一下下面怎么办。

这样吧,我们还是讲程军,我们不讲蒋荣。他说。

随你,你挑谁就讲谁。她说。

那我跟你讲,我先讲程军,是因为人家程军的前妻可亲给我们写了信,提到你介绍的佟掌柜去认识她,可亲你也应该可以谈谈吧。他说。

我可以谈程军,那是我的病人。钢丝头说。

但你通过程军认识了可亲,对吧?他说。不过他马上反应过来不能这样说。

他说,你要到了可亲的联系方式,我是说网上的,所以你把佟掌柜介绍给了她。

她问,你到底想说什么呢?

他自己喝了口水,他知道小廖就站在门外边,他担心小廖进来发火,因为年轻人比他火气大,又因为小廖会以为对这种女博士来点狠劲没准会有效果。

她是程军的前妻。他说。

她看了他一眼,说,这个你们完全可以直接掌握。

他觉得她的话有点匪夷所思,像是要直接斗智商的样子。

好吧,现在直接点。人家可亲讲,你介绍的这个佟掌柜不仅仅是要认识她,而且是要跟她做那件事。他终于痛快地说道。

这个我不必知道吧?她说。

她头上有汗,用纸巾在擦。

但你不是一直在鼓励程军复婚吗?他问。

她愣了一下,博士认为程军不大可能跟任广明谈这种事吧,或者说程军还是信任她的吧,至于说到私生活吗?

那又怎么样?我建议他复婚,这只是说说而已。她说。

可是,现在问题是,人家可亲写东西来了。你一方面鼓励她和前夫复婚,另一方面又介绍一个叫佟掌柜的人跟她认识,还勾引她,这是为什么?

她说,如果你们一定要把本来没有关联的事联系到一起,那我也没有办法。

我这样讲吧,可亲在网上发现了异常,所以她写材料来,而且可亲发现了这个佟掌柜不是别人,这人是你丈夫,邱贵。他说。他站起来,走到门边上,把小廖喊了进来。

小廖来到博士面前,他弯下身子说,博士,别再撑了,你现在名声很不好啊。

那是他的事!博士大声抗议道。

你说你不管邱贵，你不管他做什么？任广明说。

钢丝头说，都是成年人，他要去认识女人，我有什么办法？

真是这样的？但可亲可不这么认为，可亲有所有和佟掌柜的聊天记录，这佟掌柜什么话说不出来？任广明必须点烟抽起来。

佟掌柜在谈话中提到了你，所以可亲就看出来，原来你们是夫妻。他说。

小廖补充道，我们已经查过 IP 地址，邱贵的地址很容易查到。现在问题清楚了，你们是夫妻，但是你们在干什么？你帮你丈夫去勾引一个朋友的前妻，但同时还鼓励他们复婚。这是什么逻辑？你现在还怪人家写材料来？

41　任广明

　　任广明出事,吴局长是没有料到的,但现在的汪丽案,局里和部里都极为重视,这是恶性案件,对社会有极坏影响。至于为什么要这么定性,大概跟尸检报告显示死者遇害前有两次性行为有关,这使得案情扑朔迷离,也令合城警方的能力受到了怀疑。不然迷案怎么会成为恶案呢?

　　任广明一出事,吴局长突然就明白了,事情还是出在这件事情本身上,事情不复杂。他对任广明说,完全是被你们搞复杂了。他又指了指任广明的头说,可以说是被你搞复杂了。

　　我怎么把它搞复杂了?任广明问。

　　吴局长说,部里派专家来时,你什么意思?你要求抽干安丰塘,你要拿证据。我问你,现在你再看,你认为还有必要吗?

　　任广明要求抽一支烟,因为他现在正在等组织上给处理,所以他的一举一动都要看领导的意思,但领导还没有要把他从这个案子中抽出来的意思。

　　吴局长让一个副局长把任广明的助手小廖带开,其实小廖也都明白,但吴局长认为还是把任广明的下属带开要好些。

你是人民警察,你怎么能这么做?吴局长很烦地说。

他凶猛地吸烟。

你不能殴打人。吴局长说。

吴局长说的事情,现在都已经打印成文件了,人家外边在盯,任广明打的是苏孙,在打印稿上,苏孙的朋友讲得很清楚,人家是艺术家。

你怎么能打一个艺术家?吴局长把尾音拉得很长。任广明知道吴局长对他既有需要的地方,也有看不惯的地方,现在到底还要不要在汪丽案上继续用他,就要看吴局长自己的意见了。

这王八蛋敢对我动点子。他有点愤慨地说。

人家是艺术家。吴局长说。

副局长站在门口。副局长很老实,还做过任广明师父,老实人都不大好接话,基本上搞不明白现在任广明怎么混成了这样。

吴局长坐下来,掏出一个小本子,上边记了不少东西,本子脏兮兮的。他知道这是吴局长随身带的本子,以前开会时看吴局长用过。

人家朋友都说了,艺术家对你不错,给你开小灶,单独让你享受特殊待遇,人家艺术家甚至根本就不在乎你是个粗人。吴局长说。

他倒不反感别人说他是粗人,但为什么艺术家的朋友要这样说呢?所以他就问吴局长,谁说我是粗人?

对不起,艺术家的朋友咬住我们不放啊。吴局长说。

他对吴局长把他殴打苏孙的事情称作"我们"的事情还是有点感动的,但转而一想,这样反而更麻烦,他也想尽快从这麻烦中解脱出来,所以他很在意,所谓的艺术家的朋友是怎样咬住"我们"不放的。

吴局长说,人家讲了,在从石棉到成都的车上,你一直和艺术家在海聊。

可能吗？我跟他海聊？任广明问。

不过任广明承认那次到西藏去堵程军，以为可以把钢丝头堵回来，却扑了个空，堵的是一个叫喜仁的女子。后来在石棉宾馆大院里看到的那辆车正是艺术家的。

现在想来不完全是偶遇。

当时他是随意地就跟小货车里的艺术家同行了。作为一名职业刑警，他是怀疑过苏孙是否恰巧也是在从二郎山下山的路上在石棉和他们相遇的。但如果不是这样，怎么解释？一个琴行里的经理盯上了一个学琴的。

也不排除这种可能，人家就是单纯地要和你做朋友，人家对你不错。吴局长故作懈怠地说。

这事真丑。任广明说。

我们还是从车子往成都开，你跟人家一路海聊还在货厢里弹琴来看，这样讲你听得懂吧？吴局长说。

小廖几次想从外边进来，因为他晓得吴局长这些话会让任广明更加不爽。

那也叫弹琴？不过是在停车场试了试音。因为人家是在成都店提的货，要求送到西昌，他的公司就往西昌送。但后来人家又要求退货，于是他们又从西昌往回拉。他的琴行在成都有连锁店，这也不是怪事。在镇上停车场停下试音，是因为退琴时有纠纷没有试琴，就这么简单。任广明说。

吴局长说，那你踢人家？你踢了艺术家，人家朋友现在不放了。

你是人民警察,你这样做,现在事情不好办了。

我抬腿就是一脚,我管他个屁。任广明说。

吴局长听见任广明讲脏话,严肃批评了他。

吴局长还是忍不住要把那份打印稿里别人的说法给提出来,这样好让任广明不要抬杠。吴局长说,人家朋友讲了,苏经理有和你交好的权利。

什么叫交好?!任广明把烟戳到烟灰缸里。

他气得有点发抖,说,我还是第一次在地球上遇到一个男人,从后边要来按我,一个什么狗屁音乐家,我问你,你见过这种人吗?

吴局长被下属这么一问,态度马上硬起来了,把腰挺直了一些说,一个男人说喜欢你,虽然表达有点过分,但你也不能殴打别人!

你试试。任广明忽然说。

我又不要学钢琴。吴局长冷冷地说。

这样吧,现在你先避避风头,工作的事,你多让小廖去抓,你出点主意。苏老师现在在省医治疗,人家朋友在搞伤情鉴定,据说裤裆被你重脚踹得不轻,往重了说,不排除人身伤害,你小心点。吴局长说。

42　小叶

拖拉机手小叶被合城警方抓回来了,任广明却没有当面去提审他。局里已经决定对他进行处理,但一直带他的副局长死命保他,才使他还得以过问这个案子。只是由于他心情很坏,所以提审小叶的任务就由小廖去完成。

小叶很快就交代了村里人指认他的那些事情,李婉所说的证词基本上能印证,他确实在黄昏时分上过那个六角亭。

他承认他上过六角亭。小廖对任广明说。

任广明就坐在大会议室里,距离那个审问室没隔几个房间。

要不你自己去审?小廖说。

我不大想见到这种人。任广明说。

杜局长会保你,现在你要把这个案子尽快拿下来。小廖边说边抽支烟出来。

任广明点上烟,招手让小廖靠得近点,对他说,你要狠一点,因为现在这些人脑子都很好用。任广明指了指自己的脑袋。

小廖再去审小叶时,小叶明显有些无所谓的样子。

你什么时候上的亭子?小廖问。

小叶说,我没有准确的时间概念,我只是看到天有点暗。

几点也不知道？小廖问。

确实不知道,但我还能看得见。小叶说。

你看到什么？亭子里的什么？小廖问。

我并没看清楚,但在我停拖拉机的地方,能看到那长条的凳子,就是每个柱子之间的长凳子,上边有油漆的。小叶说。

小廖也多次单独提审过嫌疑人,但这一次案子很大,所以他心里有点紧张。

你是在开拖拉机时看到亭子里有人,还是停下来才看到的？小廖问。

小叶这时说,我跟你讲,我起初上去时并不知道斜依在柱子上的人是个什么情况。

我问你,你是怎么看到这上面有人的？小廖问。

我还是要跟你讲,你不要先问这个。我跟你说,我根本不知道其实她已经死了,那时候。小叶说。

小廖当然知道这对案情绝对重要,所以他必须先顺着这个拖拉机手的逻辑。小廖问,那你是怎么认定她已经死了的？

小叶说,起初我没有发现她已经死了,所以我上去看到这个情况,我没有想那么多。

想什么了你？小廖问。

小叶说,这女人很漂亮,我没有多想,我就上去挨上了她。

挨上？听上去这么文明？小廖说。

但很快我发现这女人已经死了。小叶说。

你说得有跳跃性,你先是抱住了这女人,然后发现她死了,接着呢?小廖问。

但在我发现她死了之前,我还是脱掉了她的内裤,她下边穿着裙子,所以我很快就脱掉她的内裤了。小叶说。

小叶边上有一个记录员,记录员抬头向小叶看。小廖却玩着烟盒。

天色没有完全暗下来,作为一个成年人,你应该一看到——至少一碰到这个女人,就会发现她已经死了,我是说假如她当时确实已经死了的话。小廖说。

是这样的,但我确实是在发现她死了之前,就已经和她那个了。小叶说。

就是强奸她?小廖问。

小叶这时像感到身后有什么东西似的,回了头,然后又向上伸了伸脖子,他这举动也够怪的。小叶说,我都不知道怎么回事,因为这人又没有反抗,所以不知道是不是强奸。

你说得很随意啊,你口气很顺?小廖说。

但实际情况就是这样,她没有反抗。当然了,很快我发现这人已经死了,当然不会反抗,所以我一发现她是死人,就从她身上抽开来了。小叶说。

说清楚点,既然你强奸了她,你感觉不到她身体异常?假如像你说的她已经死了。小廖问。

这个,我说不清楚,我也不知道我是怎么发现她已经死了的,但实际情况就是我发现她死了,不过那时我已经干完那事了。小叶说。

小廖到任广明边上,跟他汇报,说,要不还是你去审,我觉得这人不简单,我怕拿不住他。

任广明说,至少在我看来,这人说得也没有什么破绽吧。就按他说的来讲,他不过是在非常突然的情况下强奸了汪丽,而汪丽那时已经死了,对吧?

小廖说,小叶讲的就是这个意思。

不过,可以问问他,他有女朋友——就说我们见过小红了,小红人也不丑,村子里也没人反映他这人有问题,那为什么会到六角亭去强奸一个陌生人呢?

可是你有女朋友。小廖对小叶说。

这时小叶有点烦躁了。

你们不懂。小叶说。

什么?小廖问。

这个女人有多好看。小叶叹气。

天色不是比较暗吗,怎么还看得那么清晰?小廖问。

跟天色没有关系。小叶说。

小廖还是把问题拉回到动机上。他问,你有小红,而且你们感情也很好,那你在做这种事之前,应该考虑到这样做的后果吧?

这个我不知道,但我看到她靠在柱子上,身体是斜着的,很漂亮。我碰了她一下,她没有动,我就马上抱住她,把她在长凳上放平了。小叶说。

小廖说,接触她,还放平她,都分不清一个人的死活?

现在我是在讲给你们听,但那是发生在很短的时间里的,根本没去注意。小叶说。

那时你的拖拉机在哪？小廖问。

就停在路上。小叶说。

在拐上六角亭的那个岔口的东头还是西头，抑或就在岔口上？小廖问。

小叶说，这个我想想，应该是在东头吧，因为我是向东头开，所以过了那个岔口，我刹住了拖拉机。

小廖说，有人看到了你、拖拉机，还有人看到了像你说到的那个在六角亭里的汪丽，当然，现在你也说到了你强奸了这个女人。

小叶打断了小廖的话，说，我没有强奸她，她没有反抗啊。

这是强奸。小廖说，这跟她当时是不是已经死了，是两个问题。

43　夏琳

　　夏琳一到逍遥津公园就要到那片竹林去,程军对那片竹林印象深刻。但是,此刻要带自己的女朋友到竹林去,却不是个好主意。

　　夏琳一直在哭,他想如果她能答应去划那种气垫船,也许会把她逗笑,或者跟她谈一谈《西厢记》,没准她也能有所改变,但是她要到竹林去。

　　也许是忙中出错,她在入口不远处的那个花台那里,听到有人在播放《父亲》,她便讲起了父亲。这让夏琳更加伤心,因为夏琳的父亲离世不久,这勾起她对自己身世无尽的忧思。

　　不要紧,还有我呢。他说。

　　但那有什么用？她说。

　　公园里到处都是电子音乐,她倒先讲起了他父亲。

　　她说,你不要对你父亲有成见,我反倒觉得他对你的好你根本没有领会到。

　　别讲我父亲,我父亲跟你父亲不一样,他是个大老粗。他说。

　　你不要这样讲你的父亲,你这样以文化人自居,你觉得有意思吗？她含着泪说。

他很想搂住她。这是阴天,前边有一座塔,他提议先到塔上站一站,再去竹林也不迟。

她只答应可以在塔下边站一小会儿,然后,她就要到竹林去。

竹林很重要吗?很有仪式感吗?他在想。

你应该知道,人家就是想让你好起来。她说。

这人家又是谁?他问。

反正不是我。夏琳有点扭捏地说。

他很害怕夏琳会提到喜仁,刚讲到他父亲,若还要讲到喜仁,那这关系就没法处了,一切都太明显了反而不好。

关于去西藏,我以后会抽出时间跟你讲,但请你相信事情本来是很简单的。他说。

他们已经站在塔下边了。塔有一千年了,他想称赞一下这塔,但夏琳却指着不远处的张辽墓说,三国已经过去两千年了。

他对历史还是懂得的,但现在不是发幽思的时候。这里不能思古,对他们尤其不合适。

现在他们从塔下边走过去,经过一大片池塘,来到湘院的竹林边。

下午的风很阴沉。她裹紧了衣服。

竹林中有鸟雀在扰动,发出细小的声响。

他有点害怕,不知道她会不会再思古,或者会不会再讲起什么更加让人难受的话来。

夏琳把脸转向他,离他很近。程军很不能适应,他觉得他还是宁愿一切都粗鲁一些。

夏琳说,你看我的眼睛。

你眼睛很红。他说。

我不是讲要你看我眼睛,我是说你看看我,我有话要问你。夏琳说。

那你说吧,别这么正式。程军想把气氛搞得不正式一点。

但夏琳不理他,夏琳甚至扳了他肩膀一下,他知道夏琳到竹林边就是有重要话要讲。

千万别提喜仁,至少那样会尴尬吧,虽然也不是什么了不起的事。他想。

我问你,你跟钢丝头到底什么关系?夏琳问。

听夏琳提及钢丝头,他总算松了一口气,他相信这女孩现在反而现实了一点,为什么早不提钢丝头呢?

怎么讲呢?我觉得应该是没什么。他说。他尽量把自己弄得老谋深算一些,他一直认为自己在这方面是最老到的,别人很难在这样的关系中真正弄懂他。

我本不想说她的,但我想她对你现在来说可不是一般人,所以我倒要问问你,你跟她怎么一回事?她说。

他是无法顺着夏琳的思路往前走的,因为他始终就不大明白自己的女朋友到底是个什么样的人。

应该讲是个热心人。他说。

她哼了一声。竹林里小鸟在飞动,可能落在竹梢上,竹子很矮,轻风吹动,发出细碎的响声。

都在传她的事。她终于说。

他本能地讨厌别人在背后议论人,所以他想阻止夏琳这样讲下去,尤其是当她讲到医院里的那些传言。

不要以为别人不知道。她冷冷地说。

她又说,我倒不是关心钢丝头,她那样的一个女人跟我有什么关系?我倒是可怜起自己来。

这怎么讲?她跟你又有什么瓜葛啊?他说。

不过他后背发冷,觉得自己讲话实在是太不过脑子了,钢丝头现在不是已经被调查了吗?夏琳是不可能不知道的。

你心思倒是挺开的。她说。

你这是怎么说?他问。

她用手轻轻地捏住一小根竹子,很细小,但很尖脆,她略略地别过腮去,那样子简直有一点病态,但是她头脑还是很冷静的。

她说,钢丝头让她丈夫去约你的可亲呢。

他想不出夏琳会用"约"这样一个字,这个字从她口中讲出来特别有冲突感,所以他就问,什么叫约?

什么叫约?这还不明白啊,照人家的说法,她是要她丈夫把可亲给拿下。她说。

拿下?这哪跟哪?这什么话?夏琳我问你,你这都是跟谁学的,什么叫把可亲给拿下?他有点气恼了。

就是这个意思,她一方面叫你复婚,另一方面又让她丈夫邱贵去攻可亲,这是什么意思,你应该明白。你跟钢丝头那么好,你们彼此那么信任,你不可能不明白吧,钢丝头想干什么?她略微昂起头,很固执地逼问他。

那是她的事,再说她不是已经被控制了吗?程军说。

但事情这么简单吗？你现在陷在案子里，你不要忘了，可亲举报了邱贵，但邱贵不单单是陷在可亲这个事上。或者说你前妻可亲多少还是个正派人，她才会去举报呢，换成另一个人，那就指不定是什么事了。她说。

他听她话讲得很不顺畅，知道她是看出了许多门道的。

那你说，我算什么？我不明不白被调查了这么久，我跟谁去急？再说钢丝头夫妻的事，我哪能弄清楚呢？程军感叹。

我真不知道你跟她好是干什么。夏琳向前走了几步。这句话实在是太重要了，使他浑身发冷，他知道夏琳对一切还是掌握的。

不是你想的那样。他想辩解，但辩解也没什么作用。

你想过没有，她可以让自己的丈夫去攻可亲，要是有一天，她让他来攻我呢？她冰冷的口气像削开的竹片。

他感到十分寒冷，但这个季节不应该这样。

你不要这样想。他说。

我不得不这样想。她说

这是开启了什么模式？夏琳仍冷冷地问。

别这么讲。他说。

多亏可亲不是一般人，也多亏可亲在美国待过，多少见过什么世面吧，这都唱的什么戏？也亏得是可亲做过你的妻子，要是我早几年就认识你，成了你妻子，那我还不知道遇到这种荒唐事，我会不会直接就晕倒了呢。夏琳绕竹林向左，走过石桥，向着柳堤岸走去。

44　小红

现在事情来得太集中,所以任广明就管不了那么多,他跟带过他的杜局长请示,让他到吴局长那去求情,想把案子办得利索一点。

杜局长跟吴局长讲,吴局长的意思是,如果还没有突破,部里就要另外派人来,但如果部里派人来,依任广明的性格,他又不是一个能配合别人的人。

除此之外,苏孙还躺在医院里,人家那边盯着不放,本来伤情鉴定可以马上出,但因为打人的人是个公安,所以为了在司法上避嫌,就要再找一方鉴定,就这样,事情暂时搁在那儿。

小廖跟杜局长说,就一脚,又怎么能把蛋给踹烂掉?

杜局长带过任广明,晓得他的倔脾气,但何必踹人裤裆呢?人家还是艺术家。但师父就是师父,杜局长给吴局长这么一说,吴局长就同意暂时还让他去办案,但苏孙那边的鉴定结果如果出来,还是要依法处理的。

任广明到办公室,小廖和另一个干警小孙在讲怎么去控制邱贵。

任广明比较倾向于直接把邱贵给抓起来,但现在证据还不是很铁。如果以可亲的举报材料来做文章,也就是以聚众淫乱罪来抓邱贵,相对来讲要好些,毕竟邱贵和钢丝头夫妇这种行为,已经涉嫌聚众淫乱,完全可以把邱贵控制起来,但还要等那么一两天,需要提取一份证词,才可以行动。

就在他为邱贵的事情烦神时,那个小红又找到局里来了。

他一直对小红印象不错,可能是因为这个郊区女孩身上有一种果敢而干净的东西。

你应该亲自去问他。小红对他说。

你又没有见到小叶,你怎么知道我没有审他?他问。

小红说,我问过廖警官了,廖警官讲,现在小叶麻烦大了。但不管多大麻烦,这是个法治国家,我们这些穷人,也应该受保护。小红说。

小红想给他扣帽子,他也是能理解的,但小红这样为小叶奔忙,在他看来,也是没有用的,实际上小红根本不明白她男朋友是什么人。

我就是不信他会那么干。小红说。

他亲自给小红倒水,他说,我要跟你解释一下政策,按道理你不能这样到公安局来找我们,特别是不能来找我,你明白吧?一是现在在审查阶段,另外,作为家属,你可以请律师,当然那是在进入司法程序以后才可以,现在是一点办法都没有。所以我本来可以不跟你谈,但你是个有担当的女孩,你男朋友干出这种事,你还为他奔走,我认为你人不错。

小红被他这么一说,有点不知所措,但她很快就想通了,她要的不是别人的肯定,她要的是把她男朋友的事情给弄明白。

他掌握她的心理,所以他跟她说,你的意思我明白了,你信任我,所以你来找我,你想让我去审,这也不是不可以,但这不是你说了算的。

这么讲吧,我认为你至少不要认为你男朋友小叶是个好人,否则的话,你自己反倒太无辜了。别的不说,至少强奸,这是铁板钉钉的事。

她喝了口水,她是有礼有节的,他对她印象更好了。

小红说,我认为他既不会强奸,也不会杀人。

不要讲那么详细,至少我不能,你明白吧?我们有纪律,我们是办案,我们不是做游戏。任广明赶她走了。

她忽然站了起来,她说,他一定不会这么干的。

小廖把小红给拉出去了。

小红走后,任广明很凶地批评了小廖。他说,你也太人性化了,你以后不能把这姑娘放进来了,这姑娘不是一般人。

不过,你确实应该自己去审。小廖说。

你也受小红感染了?他问。

小红说得也有道理,你这么有名,人家相信你啊,你自己不也这样想吗?你不是认为你没有拿不下来的案子吗?小廖把一堆材料递到他面前。

还是怕别人蛋疼?小廖有点狡黠地问。

谢谢你跟我师父讲,不然,我怕是不能来办案了。任广明抬头说。

我给你弄点咖啡。小廖说。

这倒不用,我还是去提审小叶吧。

45　小叶

　　小廖这一次跷着二郎腿,笔录员在记录,任广明发问,也许小叶不会弄清楚小廖跟任广明哪个是头儿。

　　这是任广明正面第一次见到小叶,他认为这人不像那种穷凶极恶的人,当然他脑海里总会浮现小叶女朋友小红讲的那些话。

　　他问小叶,你什么时候学会开手扶拖拉机的?

　　他这个问题反而让小廖很吃惊,小廖心想也就是小叶这样的郊区青年,换成别人恐怕就要跟律师反映了。

　　小叶说,有几年了。

　　他也没有追问。

　　我们见过你女朋友。任广明说。

　　他这口气就好像他们是主动去找小红调查,事实上是小红在为小叶奔走,但从小叶被抓进来,小红跟他还没有见过面,也许以后可以请律师,当然那是后话了。

　　任广明说,你最好坦白交代。

　　我已经都讲了,小叶一边说一边朝小廖看了看。任广明也随着小叶的目光看了一下小廖。小廖倒有点不自在了,在位子上挪了一下。

现在是我在问你,你听明白了吧?任广明说。

你问吧。小叶说。

其实也很简单,你要讲清楚的就是,你到底是在什么时间发现汪丽已经死了的?任广明说。

我说过了我记不住时间,也不知道时间,那时天快黑了。小叶说。

我问的不是这个意思,不是问你几点几分。那时你没看手机对吧,你也没有手表,再说那种情况下,不看时间不在意时间,我们可以理解。他说。

小叶说,天快黑了,这就是时间。

他听小叶讲得倒怪文绉绉的,他就反感了。

他拍了一下桌子,小叶也没有受到什么惊吓。小叶也不像别的犯人那样烦。

他说,我问的是,你是在什么时候发现她死了的?从你一见到她,直至你离开,你是在哪一个阶段发现她已经死了的?

他认为他现在这个发问差不多是非常完整而清晰的。

那这样说吧,我是在路上,就是那条机耕路上看到亭子里的那个女人的,所以那个时候我自然不知她死活。小叶说。

好,这个我们记下,就是说你是在开拖拉机时发现她的,对吧?他问。

小叶说,是的。

那之后呢?他问。

小叶说,我已经交代过了,我就停下拖拉机折回来,从那个岔口上那条小道,上了亭子,接触到那个女人。

这个有记录。他说。

我要问的是,这样吧,直接点,你是强奸了这个女人的,对吧?那么就回答我们,是在强奸前还是强奸后,发现她已经死了的?

小叶很快回答道,当然是强奸之后,不对,是干完那个事之后,这个我已经说过了。

任广明严厉地呵斥道,讲过就讲过,还会一直问下去,现在我跟你强调一点,就是强奸。这是铁定的事实。现在的问题是,如果像你说的,你是在强奸她之后才发现她已经死了的,那为什么她不反抗?

小叶说,我不知道你们问这个的意思,但我也讲过我没有强奸,就像你自己也讲,她没有反抗,也确实没有反抗,之前我跟那个警官就讲过了,这女人像睡着了一样,所以我一下子脱掉她的内裤,我就干起那件事了。

我跟你纠正一下,反抗与否只是在核实她到底何时死的,怎么死的,什么时候失去行动能力的,并不作为判断你是否构成了强奸及杀人罪的依据。在没有对方许可的情况下性侵对方,就是强奸,这个是铁定的。任广明说。

小叶低着头,光线很刺眼。小叶说,干完这个事,我才发现她是死了的。

那你在强奸她时,她已经死了,你会意识不到?他问。

没有意识到。小叶说。

为什么?你太投入?任广明问。

可能是紧张。小叶说。

是投入还是紧张?任广明又问。

我不知道投入是什么意思，我就是很紧张，所以没有发现她已经死了。小叶说。

这可能吗？一个大活人，一个漂亮女人，你在她身上做那种事，她死活你不知道?！任广明问。

我就是不知道。小叶说。

那怎么强奸完之后你就知道了，发现了，这是怎么回事？任广明问。

这个我也不知道，但确实我那时才发现这个女人已经死了。小叶说。

你并不老实。任广明愤怒地站了起来。

但我讲的都是实话。小叶说。

讲实话的人也不一定老实！任广明狠狠地说。

46　邱贵

　　任广明一看到邱贵就很反感，他历来反感那些外表看起来很文静，但内在里特别剧烈的人。什么叫内在剧烈？就是他似乎能看到这种人的内心里，总有一种把世界踩在脚下的感觉。

　　可以讲邱贵这种人差不多称得上是个科学家，只不过这号人跟以前的老派科技工作者不同的是，他们在生活上似乎特别有见解。

　　我们找你很久了。任广明吃着面包说。

　　他不是饿，他就是突然决定把袋子里的面包拿出来吃。面包是高老师送他的，在半个小时之前，他还以为他不会吃这种东西，但见到邱贵，他倒是猛然想吃上几口。

　　邱贵穿着西服，头发梳得一丝不乱。他的资料任广明让小廖搜集过，一些是公开的，一些是到所里去调的，所以讲称他为科学家一点也不过分。

　　邱贵说，找我又不麻烦，我要么在所里，要么在北京，当然有时也短期在国外，不过不像前些年，我在国外也常住。

　　我们对你在哪不太感兴趣，之所以没有劳烦你，还是因为我们调查得不够，我们是凭证据说话的。任广明说。

你能不能不要吃东西？邱贵说着，表现出一副很不屑的样子。

小廖想上去拍他的头，但任广明止住了小廖。不要对他动粗，人家是知识分子。任广明说。

我倒要看看，你们有什么证据。邱贵抹了抹耳后的头发说。

我们先讲你这个人，我们历来都是做人的工作，所以我们谈人，我们先不谈事。任广明放下面包说。

谈人和谈事，我都没有兴趣，我可以请律师，你们可以跟律师谈。邱贵说。

任广明从来不认为针对不同的嫌疑人要用不同的办法。对于一个办案子的人来说，他又不是处在审判阶段，他不认为公安要像法院里的人那样注重什么审判技巧。对于分局的预审工作，实际上那些办案指南基本上没用，就像他之前跟邱贵讲的，我们在调查你，就是搜集材料，材料实了，说什么都行。

邱贵所说的请律师，在任广明看来，那是以后的事情，现在的局面是，我先把你给打下来，就是先灭掉你的气焰。

他记起程军倒是讲过的，如果这个叫邱贵的人可以把可亲攻下来的话，太阳会从西边出来。同样，任广明听到"攻"这个字颇感意外，但任广明不会想到，攻这个说法乃程军女友夏琳的创造。

一个知识分子去攻女人有什么好法子？任广明像在自言自语。

邱贵也很有耐心似的。

我们对你没有成见。任广明说。

有也没事，一切看证据。邱贵说。

你不怕举报材料，因为你卸得下这个包袱，你和你太太是什么样的人,你们自己最清楚,但我要说的可不仅仅是这么回事,我要说的是命案。任广明说。

你可以恐吓我,但要看事实。这是个法治社会,每个人都有自己的世界,你只能在你自己的那个圈圈里跳舞。邱贵说。

因为涉嫌聚众淫乱,所以警方对邱贵采取了强制措施,可邱贵的律师很快到位。在这个渠道上,这个知识分子十分自信,他认为自己出不了大事。当然,现在,大家都还没有从道德上来谈。

我跟你说我要谈的是汪丽。任广明把面包袋子扔进了垃圾桶。

关于这个,我可以不谈。邱贵说。因为汪丽案案发几个月以来,警方始终没有找他问询过,把他控制住也是因为他涉嫌聚众淫乱,那么对于汪丽之死,他倒是如此无所谓。

我们没有找到监控,所以没有影像支持你在24号那天和汪丽出城了,但你要明白,我可以给你机会,让你现在很明确地告诉我们,24号那天,你是不是和汪丽在一起。任广明说。

邱贵用自己的右手盖住自己的左手,他下巴动了一下。任广明似乎能听到他喉咙里的咕噜声。

你们是不是要问我24号在哪?那我想反问,你有什么权利这样问我?邱贵说。

这样吧,你可以这样来理解,因为我们所找到的充分的证据表明,你和你太太钢丝头与汪丽、蒋荣夫妇之间存在密切关系。任广明说。

这又怎么样?邱贵反问。

任广明知道,对方想把问题都局限在所谓聚众淫乱这个范围里。

你不要心存侥幸,其实事情是牵扯在一起的,关于你们夫妇的问题,我们是立了案的,但现在你有必要交代你跟汪丽 24 号是不是在一起。任广明说。

我一定要交代 24 号那天我的情况吗?邱贵问。

任广明说,不仅仅是交代你的情况,我们关心的是,你 24 号是否跟汪丽在一起。

你们可以独立调查。邱贵说。

这时任广明手机上有高同发来的短信,问他明天要不要去琴房,他没有回,把手机放到一边。高同又发来一条短信,大意是琴到了。他就有点愤怒了。他对邱贵说,你最好老实点。

对方感觉到他的脾气明显变了,但邱贵不是那种服软的人,他认为即使是聚众淫乱,现在在证据上也并不是特别对他不利的。

47　邱贵

　　任广明决定在拿下邱贵之前,不到琴行去见高老师,但高老师也是好意,琴行的人实际上还是希望任广明跟苏孙的事情能够缓下来,所以像小廖这样对他学钢琴特别反感的人也都在鼓励他还不如去琴行把琴挑出来。

　　我要拿下他。任广明在走廊里跟小廖说。

　　小廖讲,听说部里的特派员已经到合城了。

　　任广明并不吃惊,但他显然很生气,即使掩饰,小廖也还是看得出来。

　　我不相信拿不下他。任广明说。

　　可是时间不等人啊,听杜局长讲,老吴准备换掉你了。小廖说。

　　这可能吗?部里现在来人,正是要用我的时候吧。任广明又抽出一根烟。

　　小廖给他点火,皱着眉头说,就是特派员的意思。老杜讲特派员到合城跟吴局长说的第一句话就是,你们是因为没有抽池塘水才破不掉这个案子的吧。

　　这什么话?这什么人啊?任广明说。其实特派员就是最早派下来的刑侦专家中个子矮的那一位。任广明很是看不起这种人。

万一换掉你,你就不能办这个案子了。小廖说。

不是换我吧,是那个狗日的艺术家在施压吧。任广明武断地说。

听说琴行的人也在劝呢。小廖说。

任广明不希望小廖跟局里的人到琴行去做工作,毕竟是件丑事。

这孙子也太不是东西了。任广明说的当然是那个苏孙。

你不要这样讲,什么人都有,再说了,艺术家总有偏好,再说也不是对你有恶意吧,是不？小廖几乎想笑了。

对了,要是我那个老师给你打电话,你就说我案子跟得紧,现在去不了琴行。他叮嘱小廖。

在提审邱贵三次之后,警方实际上刚好拿到了钢丝头和蒋荣提供的证据,这样任广明就可以突破这个知识分子的防线了。

所以他坐在邱贵面前上来就说,你跟你妻子钢丝头到底是一种什么关系？

邱贵说,夫妻啊。不过很快他就气势汹汹地闹起来,问,为什么这样问？这跟案子有什么关系？

对不起,我跟你讲,这不是讲汪丽啊,我是讲你们夫妻跟他们夫妻的关系。任广明叼着烟。

你不能在我面前吸烟。邱贵说。

其实任广明很能理解为什么有些同事容易在嫌疑人面前动粗,这些人实在是够讨厌的。

这样吧,现在可以说你们的事,就是你和钢丝头的事和汪丽死亡案一事,实际上可以并在一块来说,因为你不正是通过钢丝头,也就是你妻子,接触上汪丽的吗?任广明说。

如果只谈汪丽或者说认识她,我可以谈,但她的死跟我有什么关系呢?你们要有证据啊,人命关天,我提醒你们。邱贵说。

那我告诉你,我们已经掌握了你妻子钢丝头和蒋荣的关系,我们已经拿到了他们的证词,所以你再坚持还有什么意义呢?

邱贵还想周旋,但再周旋又有什么用呢?

即使你不认为你跟汪丽遇害有关系,你也必须交代24号你在干什么,任广明说,这是我最后一次提醒你。

邱贵的防线塌了。

邱贵说,24号我是跟汪丽在一起。

什么情况?任广明问。

邱贵说,我们一起从芜埠往合城去。

这个我们也考虑到了。

但你们没有视频。邱贵说。

这有什么关系?你现在的事大了,你应该明白。任广明说。

我能有什么事?我们是男女之事。邱贵说。

聚众淫乱,你们这是哪一出?任广明冷笑了一下。

你们随便定?邱贵问。

这是另一档子事,我现在问的是,你们从芜埠开车出来的对吧,后来呢?任广明问。

我们就停在大圩。邱贵说。

好了,我听明白了,你和汪丽从芜埠出来,然后你们到了大圩,你们在那停的车?任广明问。

邱贵说,我们在大圩停车,是她的主意,她莫名其妙要停在路边,那里是老合淮路。就是说我们从水家湖已经下了高速,才走上这老合淮路,并停在大圩。

你们是不是有争执？任广明问。

为什么这样说？邱贵问。

不要反问我,你回答我的问题。任广明很严厉地说。

那好,我跟你讲,这跟是不是有争执没关系,那天我们是不大愉快。邱贵说。

任广明问,就是说你们有争执。

邱贵说,不是你们想的那种。

哪种？任广明问。

不是我们发生争执,而是我们的关系没有理顺。邱贵说。

什么意思？任广明问。

就是我们的那种关系——男女关系没有理顺。邱贵说。

所以你们有争执了？任广明问。

不是你们理解的那种争执,我是在做她的工作。邱贵说。

任广明看着这个貌似在讲道理的科学家,心里满是蔑视。

那我关心的是,你对她怎么样了？任广明问。

你这怎么说的？我已经讲了,我在做她的思想工作。邱贵说。

任广明问,既然她不答应你,那你怎么能上她的车子？

邱贵说,她也不是完全拒绝,其实她在考虑,她动摇了,因为她发现一切并非她想象的那么糟糕。

什么意思？任广明问。

我是说我跟她讲的我们这种关系的模式。邱贵说。

那停车后呢?任广明问。

那是下午五点十分左右,天色阴沉,老合淮路上基本上无人无车,加上路边有一处很大的平地,那里正向拐向安丰塘的岔道延伸,所以停在那里,我们拥抱了。邱贵说。

就这么点?任广明问。

好吧,我们在车上有了性关系。邱贵说。

她愿意不愿意?任广明问。

我没有强迫她,她拒绝过,但我从副驾驶下来,把她拉到后排,然后我拉开她裙子,我进入了她。邱贵说。

她有没有反抗?任广明问。

邱贵说,推了一下,但很快抱住我,她让我快一点,就这样。邱贵说。

她推你,有没有更大的动作?任广明继续问。

我说过了,只是象征性推了一下,然后她就抱住了我,不停地叫我动作快一点,并且她总想昂头看窗外,她有点紧张。我跟她说没有事,没有人的,后来她不催我了。邱贵说。

大概用了多长时间?任广明问。

可能也就几分钟吧。邱贵说。

再之后呢?任广明问。

她在收拾好衣服后,非常愤怒。我不大理解,但我和她没有冲突。你要知道,我只是要得到她,所以我和她做过之后,我就完全释然了,我反倒是安慰她,但她仍很愤怒。邱贵说。

所以你们有冲突了,对吧？任广明问。

邱贵说,没有,我要跟你们讲的是,事情就到这里了。我问过她,怎么办,你要怎么办？

你这是什么意思？任广明问。

因为她有点歇斯底里,所以我就想走开了,我觉得她不大能让人理解。邱贵说。

我倒要问问你的意思,你在车上把她睡了,然后你认为她会像你一样有一种释然？任广明问。

我的释然也不是你们想的那样,所以我就不再理她,我拿了我的包,然后我就沿合淮路向前方走了。她也没有喊我,但我感觉她在路边颤抖。邱贵说。

你就一走了之？任广明问。

48　钢丝头

程军和夏琳在餐桌边拨弄着博美的尾巴,小狗有时要叫一声,夏琳就会拍它的背。

他说,我要去看钢丝头。

她不是已经被控制了吗?她说。

你不要多想,其实你本来和她是同事,我要不是生病,也不会认识她,但我始终认为她至少是个体面的人,虽然现在陷到她丈夫的圈套中去了。他说。

你不要这样讲好不好?你有什么证据认为他们聚众淫乱就一定是邱贵的主意呢?她问。

我对他们的事知道得也不多,但我倾向于认为她本人并非真的想那么做。他说。

夏琳把博美抱在怀里,她说,我不是那样的人,其实你每次找她开药,院里的人都会跟我讲,我倒并没有怀疑过你们。

程军把玉米糊倒到嘴里,他抹了一下嘴角,又逗了一下博美,然后对她说,我之所以认为钢丝头不会有大事,我是说,她对我,你看,我倒没觉得她要跟我干什么。

快别说你俩的事了,你要去看她就去吧。夏琳说。

因为还在取证,所以钢丝头已经从公安局那边出来了,倒是她丈夫邱贵还被关押着,不过公安的说法是聚众淫乱。但钢丝头自己也清楚,还要查的是汪丽的案子。关于聚众淫乱的说法,除了可亲的举报以及汪丽丈夫蒋荣的证词之外,并没有其他的证据出现。

也就是说,有些人保持了沉默。

钢丝头应该处于候审的阶段,当然单位对她的处理基本上也明确了,她丢掉省医的工作那是肯定的了。

你来找我,夏琳知道吗?钢丝头问。

程军说,夏琳有一次专门到逍遥津去和我谈起你,她说幸亏是可亲,要是换个人,说不定就不这样了。

怎么了?钢丝头问。

程军说,就是说夏琳以为她自己也许哪一天也会受牵连。

别这样说,我从不相信你会娶她。钢丝头说。

她又说,当然现在不存在这样的可能了。

听她说得这么随意,他倒有些后怕。

还能给我开药吗?程军问。

怎么,又不行了吗?钢丝头问。

不是,我担心会倒下去,特别是在走路的时候。我觉得氯吡格雷片也许也不够用。他说。

你不要替医生考虑,你就想你自己。你在火车上晕倒了,还是汪丽扶的你,对吧?不也没事吗?我跟你讲过了,昏迷也只是一过性的,死不了人的。钢丝头说。

那好吧,可是,我还是不知道你在心里边到底是怎么看我这个人的。他说。

你干吗这样问?她问。

她又叹气,接着说,可惜现在我们不能出去吃饭说话了,现在我不再自由了。

会过去的。他说。但我还是想问,你看重我什么了?

她有点想笑,但她克制住了,问他,你为什么以为我是看重你了?我会看重病人吗?

他说,那你干吗要这样,绕这么大圈子让可亲跟我复婚,还让老邱去攻她?

她看着他的脸,就像他当初躺在病床上,她拿报告去跟他交代检查项目时差不多。

你考虑过你这样做,汪丽的感受吗?他忽然讲到了汪丽,他自己也有些意外,因为他本来是不想讲汪丽的。

说实在的,我没有考虑过汪丽是个什么样的人,我不是那种对女人特别感兴趣的人。当然,如果你说到老邱,我可以负责任地告诉你,他也不是真的对汪丽或者别的什么女人有那种情感或欲望。

你这是什么意思?那你们要干什么?他问。

她在他头上点了一下,说,得亏你是个病人,不然我都不知道怎么评价你的智商了。好在,你只有可亲,我是从老任那里听到了材料的一些内容,我想她可能理解我比你反倒更多呢。

他听她提到自己的前妻,他感到很没劲,他明白他来看她,一是问头昏的事,还有一点,他还是希望她能从这个事情中平安地解脱出来,因为他也明白她是他的医生,她不是一个坏人。

她到窗子那去了一趟,好像对外面张望了一下。他不知道她这样做是干什么。

怎么了?他问。

她说,老邱还在里面呢,我现在很没有安全感,不过你放心,我不会有事的。至少你能证明吧,你说说看我对你怎么样了,说我们聚众淫乱,可我们就是说,你和我有吗?我对你怎么了呢?

程军认真地看着眼前这个女人,许多事情都浮现出来了。

她从柜子里拿了瓶氯吡格雷片交到他手上,叮嘱他说,你太过焦心了,我跟你讲了,对你来说有过一次头昏或者说有过一次昏迷,根本不必太在意,我反倒是觉得你不妨跟李大夫再多聊几次,他倒是对你更有作用,跟他讲讲你早年的事。

他承认钢丝头并没有真的对他怎么样,但现在问题不在他这儿,他至少也听到了别人所传的关于钢丝头和蒋荣的事。

他想,那你和汪丽丈夫蒋荣就没有事了吗?他没有把这个问题问出来,但是反倒是她要向他发难了。

她说,你坐下。

他坐下来,她给他倒了杯水,他顺道把氯吡格雷片给吃了。

她说,我非常不明白,对于汪丽那样的女人,你怎么就有兴趣了?

他很反感别人这样问他,在他看来,他的感情别人是没有办法懂得的。

他说,我的这些事情你永远也不会懂的。

她说,可你的前妻,我不是说别的,我倒真觉得不错,即使她写材料举报我,我也真认为她是个不错的女人。

他站了起来,她也站起来,这时他忽然对她有一种很强的依赖感,可他没法表达出来。

他说,你不要多想,在我看来,无论如何你都是值得我信任的,所以我一听到你被放了出来,我就要来看你。

好吧,好吧。她一边说一边拍了拍他的背。她说,现在至少你本人应该相信,我对你怎么样了?我没有吧?我始终认为我们都是自由的。

他看着她的眼睛,这大大的眼睛闪着某种寒光,他觉得他有一点点被这样的眼神所吸引,所以他几乎是神经质般地抬起手来,似乎想要在她脸上轻触一下。她昂起头,她愤然,现在不是时候。他记得她到窗子那去过一趟,还掀开过窗帘。

他对她说,我什么也没说,关于我和你,我什么也没说。

她说,你走吧。

49　小叶

在审讯室里,其实任广明的心态比嫌疑人小叶的也好不了多少。

我问你,你为什么要逃走?任广明问。

连小廖也觉得他的头儿这样来继续提审,有点可笑。小叶几乎是以某种不屑的口气说,我能怎么办?

任广明眯着眼,他拿着一盒南方牌子的香烟,香烟的冲味让他有点难受,但也能提神。

任广明说,我这么问就是依你的意思,你交代的是你强奸的这个女人是一具尸体,也就是说你不折不扣地强调了你是一个奸尸者。奸尸者,你听得懂吧?

小叶同样也可以在以后请律师,但目前这个阶段,律师还没有介入,所以现在他只能自己说。不过这个农村的拖拉机手,头脑始终是清醒的。

小叶说,不管什么样的人是奸尸者,但我确实是在干完那件事之后,发现这人是死了的。

任广明到走廊里抽烟,这儿跟审讯室隔着好几个房间,别人应该听不到他们的谈话。

任广明说,这小叶为什么要讲他干完以后才发现汪丽已经死了呢? 如果他是故意这么讲的,那会是什么情况?

小廖说,只有几种可能啊:一种是他在强奸之前就发现这个人已经死了,那他现在这么说,只能说明他不愿意别人认定他是一个奸尸者。另外一种就是他在强奸前发现她是活着的,在干完之后发现她死了,那他就是奸杀,对吧? 就是在强奸中杀害了当事人。

还有什么情况? 任广明鼓励小廖再想想。

小廖说,还有种情况就是他确实在强奸之前没有在意汪丽的生死,所以他就说他在做完以后发现这女人死了,这就是差不多目前他的供词。

任广明抽着烟,香烟燃起的烟雾十分难闻,连小廖都很嫌弃他。小廖说,你干吗抽这么冲的烟?

任广明说,味重好啊。

我倒以为完全有可能是他想当然地认为他可以这样来应付我们,因为缺少比较明显的搏斗痕迹,所以他认为他可以这样来描述他和汪丽的事情,但真实情况也许并没有浮出水面,这个小叶不是好对付的。任广明说。

他带小廖又进了审讯室。

他很严肃地翻了翻笔录员记下的小叶的供词,他在上面点点戳戳的。

在排除你有奸杀的实际行为之前,你的处境你自己应该清楚。任广明说。

可我已经交代得很详细了,我说了,我是做了那个事,这是我的冲动,因为这女人实在太好看了。另外,我没看到她反抗,所以我很快就做好了。小叶又说。

这样吧,你说你认为这女人好看,那我问你,你不是有女朋友吗?我们也见过这个人了,那你不认为你女朋友也很好看吗?他问。

小叶听任广明提到他女朋友,他马上就有点烦躁了。小叶说,我不想谈我女朋友。

必须说。他说。你还不想谈,人家在外边可没有放弃你呢,人家还在为你奔走呢,你倒好,一个人面兽心的东西,居然这样。

任广明的话显然激怒了嫌疑人。

你不能这样说。小叶说。

好,那我问你,你在强奸汪丽时,就没有想到就在不远处的村子里,你女朋友还在等你吗?任广明说。

我不知道。小叶说。

好吧。可是,你在逃走前,你也没有跟小红见面。为什么不告别一下呢?任广明问。

这个问题相当挑衅。

小叶当然没有接话,他该怎么在出了那么大的事情后去面对自己的女朋友呢?

那我问你,你为什么要叫她去牵走那头牛?任广明问。

关于那头牛,其实说法本来也不大统一,因为来做证的邢理花坚持说她没有看到牛。但是,小红的交代是,她是晚上才去牵的牛。那这是怎么回事?到底有没有牛?牛为什么没被邢理花和李婉看到呢?

有没有牛?他又问。

小叶说,有牛,我本来是把牛放在拖拉机上的,但我从六角亭下来之后,直接开走了拖拉机,我的牛站在机耕路边。

请你再说一遍,你的牛的位置。任广明说。

小叶说,我的牛站在机耕路边。

它不是在车上吗?任广明问。

小叶说,我在路上停下拖拉机之后,当场就把牛从拖拉机上放了下来。

那么重,怎么放?任广明问。

小叶说,有一根长板子啊,一直都有,在拖斗里。我把它斜靠在拖斗的后侧,牛就被牵下来了。

为什么要这样?任广明问。

小叶说,没有什么原因。

任广明自己想,是不是怕牛站在拖拉机上可以看清六角亭呢?

你几点钟开走拖拉机的?任广明问。

小叶说,这个不好说,但天色差不多黑透了。你知道从有点黑到黑透,有时候很快。

那你为什么开走拖拉机时没有把牛拉走?任广明问。

小叶说,这个我当时根本就没有在意。

50　高同

挑选钢琴的事已经持续很长一段时间了,等到最后定下那台编号为3067541号的雅马哈钢琴时,任广明认为他已经无所谓了,什么样的琴几乎也都没有区别了。

其实因为殴打了苏律琴行的苏孙,所以他买琴的事就不仅仅是他一个人的举动了,连吴局长有时都要过问一下,你钢琴到底买了没有?苏孙朋友在给局里写来的材料中,指出任广明基本上是以买钢琴为幌子,其实是来琴行解压的,也就是说他差不多是在愚弄他们琴行。

他倒是对局里的人反驳道,那我学琴呢?难道我要花那么大精力来愚弄别人?

反正他钢琴是买了,要命的是,当他听说从部里派来的那个特派员其实也是个音乐爱好者时,他几乎有点怒不可遏,但那时他已经把钢琴给订下了。

到后来,钢琴的事都交给他的老师高同去办,因为他几乎不想碰琴了,但钱已经交了,他也不可能不要这架钢琴。

高同对他说,你到宁波、海波的琴行都去过,这些从日本拉来的琴,你也知道,基本上就是在那里抛光一下,结构上也是不可能动的。

我对钢琴并不懂。任广明说。

由于运琴的人还没有到,他和高同就坐在自家客厅的沙发上随意地讲话。

你的生活也该改善了。高同说。

他说,无所谓,莫非音乐也有这个功能?

哎,神探,你不要没有生活热情可好?高老师有点怪异地说。

从他坐着的这个位置能看到站在洗脸池前的高同,并且连镜子里的她的脸也能看到一部分,由于卫生间干湿区域是分开的,所以外边的灯从未关过。

这时送琴的人来了,钢琴是侧过来运输的,师傅们很累,他听见高同对师傅说,把钢琴拉到卧室要好一些。

还是放客厅吧。他说。

他的声音很小,师傅们没有听见,他也不想重复,好在钢琴以后可以挪动。

高老师扶着琴,师傅们用那种滑板支座在屋子里小心地移动钢琴。

在卧室里放好钢琴以后,师傅们就走了,高老师跟他们也不客气,大概是师傅们常年为琴行送琴,她跟他们相熟的缘故吧。

她对他说,放在卧室要好些,放客厅反而不好,因为客厅里声音容易散。

可我不会弹,怎会在乎这个呢?任广明说。

高同拉了一下他的手,意思是要把他从沙发上拽起来,他只得有点怅然地坐在琴凳上。

她打开琴盖,琴键十分新,不用说在上海的工厂已经翻新过了。

他对她说,打开上边的顶盖吧。

她打开来,他站起来伸头去看,虽然有点陈旧,但并没有异味,高同触碰琴键,里边的榔头就向音板敲去。

高老师说,还不错,是二十世纪九十年代的琴。

都二十多年了吧。他说。

我跟你讲,二十世纪五六十年代的琴多的是,你算算那是多少年,都六七十年了,我看也没有什么,音色好着呢。高同说。

我不是嫌弃年份长,我是觉得时间长了,音乐不可能没有变化。任广明说。

高老师在他肩上压了一下说,神探,你坐下吧,好好坐着。我跟你讲,音乐是不会变的。音乐怎么变?音乐是弹出来的,一架再老的琴,如果你会弹,就没有什么。

你说得就好像你是音乐家似的。任广明说。

她让他索性在床头靠住,因为她看到他脸色很难看。她说,我这个做老师的还是要抱怨你,你怎么可以这样来看音乐呢?

她说,你是个神探,但你可能心情坏透了,所以很长一段时间以来,我觉得你根本就没有意识到你在生活中到底是个什么样的人。

什么样的人?他问。

高同说,你怕是办案子办得头脑也出问题了。

不要跟我讲你们的音乐家啊,不要讲我打他的事啊,我现在最不想提到他。他说。

他到底怎么你了?她反而要顶上来问。

事情不是已经清楚了吗？他说，这狗日的要从后面来抱我。

他就这个样子。音乐本身有什么问题？音乐家有什么问题？再说了，你是个成年人，对于他这种人的这种表达方式你应该早有准备啊。她说。

他看见她当着他的面，把自己的领口向上拉了拉。他早看出高老师是个有风情的女子，其实也可以说，人很有品位，但为什么她能看得这么开呢？

他问她，那你说，我无所谓，我随他，这可能吗？

可你随谁呢？神探，你想过没有，你让人接近过吗？她问。

他想起她在逮住他的手指去触碰琴键时，她的胸总是抵在他肩膀上，很柔软。

你们不是从石棉到成都一直在货厢里弹琴吗？她忽然问。

你怎么知道的？他有点吃惊地问。

这个，我怎么能不知道？其实苏孙是个不错的男人，他只不过太……怎么说呢，压抑吧。她说。

关于石棉、成都，以后再说吧。他说。同时，他扭过脸，因为他发现她脱去了外衣，只剩下很薄的T恤，她张开手——很大的跨度的样子——把上边的顶盖合上。

她说，神探，我弹一支曲子，你睡吧。

51　特派员

　　从部里来的特派员姓潘,潘特派员对任广明的情况比较不满意,但他也没有把握是否要向省厅和部里施压把任广明撤掉,反正吴局长是对他讲过的,如果不跟任广明合作,这个案子会更难办。

　　这是什么话?潘特派员问。

　　吴局长说,老任虽然问题不少,但有一点,他对合城这个地方的人有一种特别的敏感。

　　地域文化?潘特派员问。

　　那也不是,其实老任常说的一句话是,这个地方的人不坏。吴局长说。

　　这等于没说啊。其实吴局长对潘特派员的能力是不怀疑的,但潘特派员如果把这个案子全部担下来对他又有什么好处呢?

　　潘特派员审了邱贵一个下午,但没有从这位科技工作者口中得到什么有价值的突破。

　　所以他就跟吴局长说,现在我倒是领教了你们老任讲的什么这个地方的人不坏的话,这话多少有点意思。

　　吴局长说,就是这个意思。

听说他买琴了？特派员问。

这个你可以自己问他啊。吴局长有点怪异地说。

人家是神探，我不敢多问。潘特派员喝了口酒，然后有点苦恼地笑笑。

老潘啊，我跟你讲，他这个人也不是神探，但多少有点问题，怎么说呢，他这人不太生活化。吴局长说。

杜局长见吴局长在外人面前这样讲自己的徒弟，知道老吴还是给任广明留面子的，就站起来给潘特派员倒茶说，潘特派员啊，这样吧，你就当老任这人，怎么讲呢，有点那个什么，头脑不够用吧。

老杜的话，让老潘很感意外，忙说，不要这样讲，都是为了案子。

第二天，吴局长又让任广明去提审邱贵。

他再见到邱贵时，发现邱贵对他态度有变化。这些搞科技的人，基本上都是人精，尤其是像邱贵这样的人，几乎就是科学家，头脑足够发达。

任广明问他，那你讲讲，你干吗非得在芜埠到合城的路上和她发生关系呢？

邱贵的胡子都没有刮，很沧桑的样子。邱贵说，不是说我要把她攻下来吗？这哪有选择啊，我到芜埠去找她，她总说她在路上，在去合城的路上。

高铁上？任广明问。

邱贵说，大部分时间是的，但24号那天，她忽然说她要开车去，我觉得机会来了。

什么意思？任广明问。

邱贵说,我理解的就是这是一个机会,因为我总不能在高铁上和她那样吧。

哎,我就搞不懂了,你难道就是为了和她发生关系?你所有的目的就这么单一?任广明问。

邱贵说,每个人理解不一样,对我来讲,这是一个起点,只有做了这件事,才算开始。

好,你这样讲,我们懂你一点点了。我问你,那你怎么判断她不会拒绝你呢?任广明问。

邱贵说,我是这样看的,其实汪丽一直既没有完全拒绝也没有完全适应,你知道吧,有一种人就是这样的,他们生下来就不是要做决定的,所以我相信只要我一直攻下去,我就能攻下她。

我听你讲攻字就会很反感。他说。

邱贵没有表态,他知道他妻子钢丝头已经放出去了,关于聚众淫乱的取证不是那么容易的,所以他也明白他还在被控制,主要原因还是汪丽这个案子,所以他说,我跟你们讲了很多遍,我没有杀汪丽,我没有必要这样做,逻辑上也说不通,我干吗要杀她呢?

你们在车上做那种事时,你们真的没有任何动作?任广明问。

你这是什么意思?我们就是做那件事啊。邱贵说。

我的意思是,你们没有动作?比如她反抗,或者你制服她。任广明问。

邱贵说,没有,只不过她在我身下时,老是催促我快一点。

她为什么这样讲?任广明问。

邱贵说,当时我不大理解,因为她不是那种胆小的人,否则她也不会在车里和我这样,她催我快点,也不是对性生活不满的意思,说实话,我感觉她还是很享受的。

任广明看着这个有条理的科学家,心里很是厌烦。

她怎么催促你的?任广明问。

邱贵说,就是催我快一点,很多男女在窘迫的环境下做这件事,基本上也都会如此吧。

那照你这么讲,这么催促也没有什么啊。任广明说。

反正,我没有杀她,这是确定无疑的。邱贵口气明显硬了许多。

后来呢?任广明问。其实这个他已经问过了。邱贵也已经交代过很多遍了。

邱贵说,后来我就打开车门,下了车,她还在后座上理头发,我拿起包,也没有跟她讲话,就向前走了。

这不合常理啊,你们才做完那件事,怎么就这样走了呢?任广明问。

邱贵说,是她叫我赶紧走的。

为什么她要这样?任广明问。

邱贵说,这也是当时我的疑惑,但我没有细问,因为我并不反对自己一个人走掉。

但她总会说点什么吧?任广明问。

那倒是,汪丽她说了,你走吧,我还有事。邱贵说。

就这么一点?任广明问。

邱贵说,就这些,我当时就是以为她要见什么人,至于是见谁、在哪,这些我统统不知道。

见什么人?任广明自己在琢磨。

52　夏琳

　　夏琳把程军的衣领向外翻了翻,说,现在天气转凉了,你也不是小朋友了,你是个大人,你要照顾自己。

　　程军不是很能听得进夏琳的话。

　　你不能老是钻在那些书里。他有时也会提醒她。

　　他中间带她去钓过一次鱼,结果呢,夏琳就戴着一顶黑色的大帽子对着池塘发呆,后来太阳落下去了,她却在那里含着冰凉的泪水,问他,你真的会对我好吗?

　　他说,我会的。其实他心里也不明白自己是怎么想的,她有时让他有点烦。

　　也许以前你对可亲也是这么说的。夏琳说。

　　他有点害怕她提可亲,再说现在可亲知道他陷入了一场由别人挑起的聚众淫乱的可笑局面里,所以他宁愿永远不再提起可亲。

　　可我也不仅仅是受害者,他有时这样想,因为不这样想他就很难再去面对钢丝头,但他承认钢丝头是个不错的女人,好女人已经很少了,钢丝头仍然算得上是个好女人吧。

　　因为是父亲要和他一起去洗澡,所以夏琳就送他出门。夏琳知道他父亲和他洗澡,大概是有话要交代他,现在他因为汪丽的案子已经有些不对劲了。她对他讲过,你着什么急啊,那是警察的事呢。

可是,人死不能复生,多可惜的一个人。他对夏琳说。

夏琳说,一个人有一个人的命,汪丽的命不好。

其实汪丽有汪丽的好,他心里知道这个女人的不同凡响之处,但他又不大能跟别人讲清。

以后你还是要多跟父母交流,你父亲至少是个讲道理的人。夏琳说。

外面风大,他钻进车子,夏琳见他摁下车窗,就很慢地对他说,不要再让你父亲生气。

他感觉这话几乎应该是喜仁的语气,天知道私下里夏琳跟喜仁会在聊天中怎么讲到他。

见到父亲时,父亲已经坐在澡堂的大厅了。他泊车时,在院子里犹豫了一下要不要给老爷子打电话,想不到父亲比他先到。

这个澡堂也就是老父亲找喜仁按摩的那一家,现在已经过去好几年了,但澡堂还是澡堂,宾客和服务员仍然频频进出。

我帮你。他把父亲的鞋拿到一边时说。服务生把他父亲的鞋和他的鞋夹在一起,然后朝那个放鞋的小屋子走去。老父亲有点怅然,说,天还不怎么冷,要不是想跟你谈谈,我不大想到澡堂来。

既然来了,就洗个澡,也没什么的。程军说。

他和父亲在大池子里泡着,父亲比他能挨得住高温,他泡了一会儿,只得坐在池沿上。

父亲问,你到底安的什么心?

他被父亲这么一问,几乎有点尴尬了,他知道父亲讲的是喜仁以及他带喜仁去西藏的事。

他说,她跟我讲她想出去玩玩,还点了西藏,我就带她去了。

父亲从池子里把头向外够了够,朝外吐了几口浓痰。他注意到父亲的身体还很结实。父亲说,我们先不说喜仁,我问的就不是喜仁,我问的是夏琳。

怎么讲起夏琳了?他问。

父亲说,我和你妈不一样,我看夏琳这孩子不错。你的当务之急,应该是尽快把生活搞起来,所以我讲遇到合适的人就应该考虑结婚了。

原来父亲是来逼他结婚的,这倒也不要紧,但不能把夏琳说得那么好吧。

父亲又说,要是你结了婚,你想想,你怎么会看得上死掉的那个什么女人来着?

他说,叫汪丽。

他说,我不知道你这样看待我,我哪是看上汪丽,汪丽的事情只是碰巧而已。

碰巧?有这么巧的事?你是我儿子,我能不明白你?你对汪丽,你自己最清楚吧,你不就是喜欢这种女人吗?父亲说。

父亲的身体被热水烫得很红,几个搓澡工扛着毛巾就站在这对父子身后。

我对她不像你想的那样。他说。

你总不会说你对她没有兴趣吧?父亲问。

他很疑惑,父亲已经比较老了,他又没有见过汪丽,怎么会对汪丽与他的关系下这样的判断呢?他心想自己宁愿父亲为了他带喜仁去西藏的事而责怪他,也不愿意他指责自己对汪丽有兴趣。

所以,我讲你跟夏琳,你反倒不要再拖,你们应该真正走到一起。我跟你讲现实最重要,走到一起,然后呢,要一纸婚姻。什么意思呢?就是以后大家有个承诺,有个交代,互相要承担,你懂吧?父亲终于从池子里站起来说。

他看父亲身体不仅结实,而且还很有活力。

上次是我不对。他对父亲说。

怎么不对了?父亲有点不屑地问。

他不知道父亲是不是听出来他是为喜仁的事情来道歉的。

可我也是好心。他说。他不相信父亲会理解他的话。

父亲自己在搓灰,用大毛巾在身上赶,他想帮忙,父亲几次把他的手推开了。他记得小时候父亲带他去澡堂洗澡,是父亲帮他搓灰的,那时他想,父亲老了时,自己要带父亲洗澡,要为父亲搓灰,但现在父亲老了,父亲却还行,没有丧失行动能力,根本就不要他帮忙搓灰,他仍然跟小时候一样,对于父亲没有什么用。

你还有很长的路要走。父亲说。听父亲这句话他知道父亲仍然是瞧不起他的,并且父亲仍以父亲的身份自居。

父亲从池沿上起身,穿上拖鞋。父亲打了个趔趄。他稍稍宽心了些,心想父亲毕竟老了,不会永远这样高傲的,自己毕竟比父亲年轻吧,毕竟自己的路还很长吧。

我跟你讲,不要老是追人。父亲说。

他晓得父亲的语气跟中学时父亲教育他不要早恋时仍是一样的。他感到有点不可思议。父亲又说,总在追有什么意思?一条狗一样的,汪汪叫,总想干点什么,事情到头来还是骨头,对吧?咬住一根不就行了吗?现在我跟你讲就是夏琳了,夏琳不错。

父亲在躺椅上歪过脸去,搓澡的师傅正在为他赶灰。

后来,他们到休息区,父亲在他的安排下做按摩,他们选了两人间,就是有两张躺椅的那种。

他问父亲,要什么样的?

父亲说,我无所谓。

他就对服务生说,找年轻一点的。

服务生当然非常理解,但父亲却说,要手艺好的。

服务生就站在那儿发愣。什么手艺?服务生问。

他真想骂服务生,但怕父亲生气,只好作罢,他冷冷地对服务生说,就是服务水平要高。

我说的是手艺。父亲眼也不睁地说。

再后来,一个和喜仁差不多的女孩子就在边上给父亲按摩了。

他听到父亲瓮声瓮气地说,手艺要好,但长相也很重要。

父亲身边的按摩女发出清脆的笑声。他觉得父亲总能跟别人很和谐,而自己呢,不仅不愉快,头还有点发昏。自己不是因为头昏还住院了吗?那么,怎么能跟别人比呢?自己是个病人。

父亲像看穿了他似的,再次对他说,所以我对你讲,遇到对的人就对了,夏琳就是这样的人。

他心想,你会拿喜仁跟我妈换吗,你会吗?一个澡堂女子,你会把她转成合法的小太太吗？你不过是玩玩罢了，老子可以玩，儿子不可以吗？

　　老父亲懒得理他，跟那个女孩子非常和蔼地拉起家常来了。

53　高同

　　高同在江南新里程的广场上跳广场舞的间隙接到了任广明的电话,任广明说他还是想到琴行的琴房去学琴。

　　高同说她在跳广场舞,手机里传来了《小苹果》伴奏的音乐声。

　　他难以相信教钢琴的高老师会去跳广场舞。

　　广场舞怎么了?这种艺术形式跟音乐之间有一种奇特的关系。她拉了拉自己紫褐色的绒衣。

　　他说,我才跟局里的人争得不可开交。

　　又是局长给你脸色看了,神探?高同上了他的车子后问。

　　其实他们在他家里学应该更安静,那样即使她仍把胸靠在他肩头,他也不认为她是故意这么做的,尽管卧室的空间那么大,她用不着再挤他,但他也可以理解,因为实在是太过无聊了。

　　无聊,不是吗?你们这些人——我是说跳舞的大妈们。任广明说。

　　看来我也是大妈中的一个。高同说。

　　你不要误会,你恐怕是去体验生活的吧。任广明说。

　　神探,拜托你不要这样评价大妈们好不好?其实跳广场舞是另一种生活激情。高同说。

这是什么激情啊,我看不出来。为什么生活这么正常的人不在家里待着,和家人在一起,或者至少和朋友在一起,却跑到广场上跳舞,这还不是无聊吗?任广明看了一眼高同说。

高同把绒衣又整了整,她总爱在她的这个神探学生面前整理衣服。对于她的胸来说,早就已经习惯于挨着他的肩头,所以有时也会在这肩头怅然若失。

神探,跟我讲讲你怎么跟他们吵起来了?她问。

他说,有个特派员,说是要来协助我,但我看,他一直想顶掉我。如果一定要换掉我也就算了,可他们又没有本事,少了我,他们能办这个案子?

当然不能,不过你现在出了事啊。高同有点闷闷地说。你说你有多大的力气,你对老苏有那么大的仇恨不成?

不是这个意思。他说。

我可在他那讲尽了你的好话,谁让你是我的学生呢?我自己不解的倒是你的变化让人难以接受。她说。

你是什么意思?他问。

我是从老苏那里感觉出来的,他是个不错的人,他之所以想表达,很大一部分缘于你们的成都之行,所以那次我就问你,你们在货厢的钢琴边到底都做了什么?高同说。

没有什么,你应该相信我。他破天荒地伸手握了一下高同的手。

高同差点晕过去,看来人是会变的。

中间他看了一下手机,一条短信令他改变主意,他决定到大圩去。

不学琴了？她问。

他说，改个时间吧。

高同对于能跟任广明一起到大圩去还是有些兴奋的，离那一次他带她去已经过去一大段时间了，再说那时她根本不知道她这个学生的身份。

车子停在岔路口。这一次他先是去的亭子，上一次他没有带她上亭子。

汪丽就是死在这里的。他指了指长凳子说。长凳子实际上是两根立柱之间连接着的横木。

我在下边捡到过发夹。他比画了一下。高同看他向下勾着头。

怎么想着要来这？高老师有点害怕地问。

我们有个嫌疑人叫邱贵，一个搞高科技的，头脑一流。这样说吧，他是在汪丽死之前，跟她在车上有过一次性生活的。

啊，有这种事。高同说。

这倒没什么，后来这个人就从岔路那走了。他指了指他们停车的那个老合淮路。

因为此时尚有一丝光线，他们能在暮色中看到一点点不远处的老合淮路。

这么说这个人没有杀她？高同本能地问。

这个不能确定，但我们正在调查。他说。

我当然也并不认为邱贵到过这个亭子。他说。

高同手抵着那根立柱，就是小叶交代的他上到亭子上发现汪丽所靠的立柱。

一个拖拉机手在这强奸了她。他对她说。

汪丽案真是神秘。高同说。

他觉得高同的话有点轻佻,他认为女人就是这样,是不大能正经谈事的。

你害怕吗?他忽然问起高同来。

怎么这样问我?我跟神探在一起有什么好怕的?她咯咯地笑了起来。

因为有星光,还有渐渐暗下来的天色,他望着暮色中的公路,似乎看到那里在24号曾走过一个叫邱贵的人。

他为什么要杀她?他问。

你说谁?那个叫邱贵的?她问。

他说,也不一定,我是说那个杀她的人,为什么要杀她?

她说,难怪你总是这样特别,因为你在思考这么严峻的问题。

他觉得她的话毫无质量,但是,身边有一个人总是好的。

他说,那个姓潘的特派员,我不是跟你说了吗?他是个有些刺儿的人。

怎么说?她问。

他说,下午在会议上,他提出了一连串问题,他问我,为什么邱贵就不能杀汪丽呢?为什么汪丽就不会反抗?在邱贵向她提出性的要求时,为什么汪丽就不反抗?然后邱贵为什么就不能因此在搏斗中杀害了汪丽呢?

这个问题对于钢琴教师高同来说,当然是有太大的难度了,她回答不了。但是,她反倒认为潘特派员说得也有道理,问题就在于凭什么相信邱贵说的,汪丽同意了他对她性的要求呢,凭什么?

我倒是认为邱贵在主要问题上没有撒谎,至少我认为他没有杀害汪丽,他没有这个必要。至于汪丽是否反抗,这个要继续调查以及等待尸检的配合,但根据我的理解,我认为汪丽是没有反抗的。他说。

你这样认为?高同怀疑地看着暮色中的这个男人。

在这四野逐渐被黑暗吞噬却又有着些许微弱亮色的大圩的六角亭上,他捂着头蹲在了亭子的正中。

他有证据证明他离开了这一带。任广明说。

你说谁?邱贵吗?她问。

是啊,一个女人做证,他是七点多钟到达她的住处的。他说。

天啊,这人有很大的吸引力吗?在这里和汪丽发生关系,然后又去了城里和另一个女人发生关系?高同惊讶地问。

他说,那个妇女没有说他们做了什么,但她可以证明七点多钟,她是和他在一起的,邱贵的证据基本上是完整的。

不过,谁能保证这个妇女没有乱说呢?或者时间上仅仅是顺着邱贵的意思呢?她说。

他觉得即使像高同这样的女人也会有头脑来思考这样一个简单的问题,正像潘特派员也这样分析过。潘特派员认为像邱贵这样的人,会有人死心地保他,因为在他们夫妇所处的那个小众圈子里,他们因为相同的喜好,形成了一个特别的共同体,他们有我们难以理解的喜怒哀乐,因而一个妇女的证词就值得采信吗?谁能保证他邱贵不会在某种情急下杀死汪丽呢?

当然。任广明跟高同说。姑且听之吧,我只是认为有些事情要看直觉的。

你的直觉是……？她问。

他说，我倒是不太认为拖拉机手说的就一定是全部的实情，谁能保证他仅仅是一个奸尸者呢？他在强奸中杀害了汪丽，这也完全有可能。

这个我就不懂了，神探。她说。

54　程军

你认为你到底是在跟踪汪丽,还是在追求汪丽?任广明翻开琴谱,在那些小蝌蚪上标记号,又把它翻到反面,在上边打钩,显然有些问题他已经问过程军了。

我觉得你大概办不了这个案子。程军有些生气地说。他看着窗外自己的宝马 X5,在阳光下闪着光。他又想要上路,到远方去。

如果不是头昏,我想我不会再跟你讲下去。程军有点不友善地说。当然任广明并没有发火,现在大家还是平和一点的好。

怎么讲?你头昏就愿意跟我谈了?任广明问。

你的话对我有一些刺激,但我觉得你的能力值得怀疑。程军说。

之前,程军就听任广明讲起已经把邱贵也放了。在程军看来,把邱贵这样的人放掉,等于是表明警方在能力上有一些问题。同样,他虽然不认为邱贵会杀害汪丽,但至少邱贵没有讲全部的实情。

那你认为呢?任广明问。

程军并不知道这是任广明对他的纵容,其实任广明有自己的套路。

他还想夸张地谈下去,但任广明把他制止住了。任广明说,你前次讲过的你因为昏迷在高铁上跟汪丽的相遇,我们已经做了评估,尽管你讲得貌似很客观,但我们有我们的判断,所以我今天才问你,你认为你到底是在跟踪还是在追求汪丽?

这是一个比较难以回答的问题。

程军说,随你们怎么理解吧,反正如果你们为汪丽的案子在我这耗精力的话,我认为你们是很无能的。你们想想你们除了拿到我一直在芜埠与合城之间来去的记录之外,还有任何一点别的证据没有?

任广明说,你不用太主观,当然,我们也忌主观,现在我倒要问你,24号你在哪?

程军喝了口茶,茶很苦,大厅里有音乐,有几个人在打牌。他说,我不是早就已经回答过你这个问题了吗?我说我在高铁上。

好,你这样说,我是知道的,但现在我要问的是在下午五点三十分以后,你在哪?任广明问。

程军不明白对方为什么要这样问,但既然问了,他就要回答。

程军说,时间太长了,我没法记住。

24号,你自己也明白吧,这是汪丽遇害的日子。我们也问过你,最早先的时候,但现在你忘了?任广明问。

程军一副无所谓的样子,说,我没有义务为你们做那么详尽的回忆。

我认为你有义务。任广明说。

任广明看到小廖从街对面过来了,他有些烦躁,因为小廖现在比他情绪还冲,大概是更加地看不惯那个潘特派员。

小廖坐下之后,任广明嗓门大了一些,对程军说,我们调取了24

号合城火车站一号站台到出站口乃至广场的所有录像,我们没有找到你。

这有必要吗?程军问。

当然有必要,我们想弄清楚你到底在哪。任广明说。

但录像一定有死角,再说火车站客流量那么大,你怎么能保证你们就一定能找到我呢?程军问。

这个问题,其实潘特派员也向任广明发难过。潘特派员倾向于认为程军很可能在高铁上稍稍滞留了一会儿,那么他就会混在五分钟之后从天津开来的另一列高铁的出站人流中,那一趟车人更多,并且资料不完整,那么这样的录像分析就没有多少准确性了。

任广明指了指程军的眼睛说,你不要有抵触情绪,你的问题就在于你没有办法面对汪丽,对吧?

你这是什么意思?程军问。

我们能想象,一个男人,一个像你这样的男人,却处于对一个女人那种难以言说的纠缠中。任广明说。

我不认为你的话有什么道理,我说过乘车是我的权利和自由,我没有妨碍任何人吧?程军说。

那你就是跟踪。任广明说。

你要说跟踪那是你的理解,我只认为我有权利这样做。

小廖掏出一个本子,任广明拿过来,对程军说,你看,我们已经问过了夏琳还有你父亲,他们均表示他们对24号下午六点十分以后,是否和你待在一起没有任何印象。

这不是明显的误差吗?什么人能记住这么长时间以前的生活?

程军问。令他惊出一身冷汗的是,为什么他们调查了夏琳和父亲,他自己都不知情。

他捏了捏口袋里的氯吡格雷片,心里翻江倒海。

你们没有权力去打扰我的家人。他有点愤怒地对任广明说。

你不是很清楚你的处境吧?任广明压低声音说。你一直在跟踪一个女人,并且这个女人被害了,你认为我们会不调查你?

还有,小廖补充说,你难道不认为你和钢丝头、邱贵夫妇的关系值得你自己深思吗?

那是他们的事。他站起来想走。

恐怕你不能走。任广明示意他坐下。

我没有人身自由?程军问。

任广明说,那倒不是,跟你说吧,我们在这次见面之前分别见过夏琳和你父亲,并且我向他们提出了要求,让他们不要联系你,所以你不要惊讶,我们为什么在你不知情的情况下,去你家人那里做了调查。当然了,夏琳还不算你的家人,她只是你的女朋友。

这是不是威胁?他问。

什么意思?任广明问。

他说,你们是不是威胁夏琳和我父亲不让他们告诉我你去调查他们?你们有什么能威胁到他们的?

对啊,所以这是你的想法。我跟你说,不存在威胁,仅仅是例行公事。任广明说。

因为时间久了,没有人能证明程军 24 号下午六点钟以后是否在城里面,同样,他自己也没有办法证明。任广明对他说,你可以再想想,我认为你是能想明白的,你现在所要做的就是你要做个决定,决定是否要把你在 24 号下午六点以后的位置告诉我们。

55　钢丝头

程军敢于再去找钢丝头,这至少表明他并没有真的认为自己处在某种不清晰的处境中,事情在他看来,本来是什么样子就是什么样子。

因为邱贵也已经被放出来了,所以钢丝头感叹她的事情告一段落了。

程军在和钢丝头见面之前,曾到李敏大夫那去过。钢丝头知道他到李大夫那去,还是想指责他,认为他在这时候还去请教心理医生,这至少表明他不那么能主动地控制好自己的生活。

他知道她讲的是他没有管好自己的前妻,可亲给警方写材料是钢丝头几乎身败名裂的主要原因,而依她的看法,本来他可以做好可亲的工作。

她说,其实你妻子比你更好相处。

他懒得跟钢丝头说自己的前妻。

你们家邱贵可不怎么样。他说。

别说邱贵,我倒觉得他没有把可亲攻下来不是他的事,还是因为你,因为可亲是你的前妻,她多少对你没有把握,所以她难以信任别人。这样的事情说到根子上,是看能不能信任朋友,一种慷慨而又伟大的友谊。钢丝头说。

程军感到有点恶心。

你去跟李大夫讲什么了？她问。

他说，我没有多讲，因为香玲刚好也在李医生那。

香玲也在他那？钢丝头问。

他心想钢丝头已经顶着聚众淫乱的嫌疑，这几乎导致她身败名裂，她应该收敛许多了。可是人家香玲不同啊，人家和李医生相处得挺好呢。

这个香玲其实蛮可怜的。钢丝头说。

就别说别人可怜了，其实她那样子也够别人讨厌的。程军说。

怎么讲？她问。

程军说，香玲自己跟我讲的，说她丈夫老薛老是对她动手。才结婚多长时间啊，且都是二婚，怎么会家暴呢？

钢丝头抽出一根摩尔香烟，程军拿起打火机给她点上。

她说，我看老薛还好啊，是一个温柔讲理的人啊。

你对老薛很支持？他问。

我跟老薛的事，你认为现在我还能谈吗？钢丝头厌恶地说。

还是说说你到李敏那干什么吧。她说。

也没什么，那些年，也就是早年，我在舒城山区跟随小姑娘的事，我想问问李医生我这是怎么了。

你自己没有认识吗？没有把握吗？她说。

程军说，这个我反倒要问你。我从来没有记忆褪色的感觉，也就是我记下了一切，一切如昨日，所以我累积了那么多记忆。我感到十分压迫。

都是跟在那些女孩子身后？她问。

李医生可没有这样问，李医生说那是我自我表达的一种方式。

他下午问过李医生，说这自我表达是什么意思？

李医生说，至少你没有恶意吧。

李医生的话对他有很大的拯救作用，他简直认为他能拥有这些记忆，反而是极为幸福的。

可我又担心，我的这种头昏，迟早会使我失去这些记忆。他对她说。

你不要代替医生来说话，我跟你讲过，你的问题不在缺血上面，不在这。她指了指头，然后又指了指心脏，对他接着说，你不会有问题的，我们也不会有问题的。

你是说在汪丽这件事情上吗？他有点胆怯地问。

你干吗这种表情？她问。

他说，可是，那个任广明，问起我24号下午六点以后的位置，他甚至调了火车站出站口录像，并去夏琳和我父亲那里取证，他追问我那时在哪。

她几乎立刻显示出比他更大的愤怒，说，这个人怎么这样呢？我认为他简直是在胡乱使用一个警察的权力，他干吗这么做？

你完全可以说你记不住。她又说。她几乎有点咆哮。

可我记得住。他说。

那你就自己记住。她说。

他说，虽然我没有告诉他，但我受不了他那种怀疑的立场，他把我当什么人呢？难道他真的不能找出真正的凶手吗？难道他没有这个能力吗？

她说，你不要对这个人抱有希望，你要相信法律。就像邱贵，他是什么人？他攻下了汪丽，但你看，他至少是能把清白留给自己吧，他们只能放了他。对于你，我的意思是，你该看清这个老任是什么人了吧，你也太配合了，结果呢，反倒把问题扒到自己身上了。

他看着钢丝头黑色蕾丝边的袜子，心中翻腾。他说，那天火车在安丰塘那里是停下一段时间的。

什么意思？钢丝头问。

他说，任广明应该很快会调查出来，火车在五点五十分左右吧，进站前因为交通管制，让路给京福高铁，所以采取了临停的措施。

我想他很快就会查到的。他说。

我倒认为他是已经查到这一点了，老任肯定已经掌握了这一点了。她说。

那你呢？她问。

他说，我没有丧失记忆。

56　胡进

　　任广明本能地拒绝去接触那个在合城一中读高三的汪丽的儿子，更别说要从这个孩子那里寻找案情的突破口了。他的这种避开死者儿子的做法，在分局里倒没有什么反对意见，因为大家认他为神探，但对于潘特派员来说就不一样了，这成了特派员向任广明施加压力的一个借口。

　　为什么不找汪丽的儿子方斌？特派员问。

　　任广明知道既然对方把话题明确挑起来了，还不如正面应对，所以他说，你怎么知道我没有找呢？

　　特派员问，但你从这孩子那里得到什么线索了？

　　小廖急忙把任广明拉开，生怕两个人吵起来。那边琴行的高老师天天给经理送鸡汤，以平息苏孙那件事的事态，这边要是特派员再跟他吵起来，说不定省厅和市局真要发文把任广明的职务给免了。

　　在楼下，小廖说，其实没有必要跟特派员争。

　　任广明说，我是想找这个孩子谈的，但我认为在外围可以解决的情况下，还是不要打扰孩子的好，毕竟是他的母亲。

　　但要是我们不动手，这个特派员带分局的人去调查，我们反而被动了。小廖说。

任广明让小廖跟他到楼顶上去,在合城分局的楼顶上总能看到合城淮河路一带的信鸽在飞翔。

任广明指着滨湖那个方向说,其实我早就摸排了,我无非是没有直接接触这个方斌罢了。

那边怎么样?任广明问。

小廖说,派到江西去的人正在修理厂一带活动,应该很快就会找到那个卖车的黑衣人。

我倒是要看看,谁能把我免下去。任广明说。

第二天一大早,小廖就打电话给任广明,任广明赶紧和小廖在庐州烤鸭店见面。

小廖给任广明看了从江西那边传来的邮件,里面简要描述了那个卖车的黑衣人所讲的卖给他车的上家的情况。

一个大男孩,脸上粉刺很多,讲话口音有点颤,并且个子较高,当时穿一件浅色的衣服,身上很脏。因为急于脱手,他几乎是没有怎么讲价就把车子卖给了黑衣人。

任广明认真地看邮件,并且让小廖依照邮件上所说的勾一幅这个大男孩的素描。

是大男孩?任广明问。

小廖说,邮件你不是看了,确实就这么写的。

胡进!任广明叫道。

你好像讲过这个人?小廖问。

任广明说,是啊,我不是到滨湖那边秘密排查过吗?在方斌的周围就有这么个人,是个复读生,一半时间在社会上,这是我很早就掌握的一个信息。

那现在这人在哪?小廖问。

任广明说,当时没有重点考虑,但我感觉从江西传来的这个消息应该跟我了解到的这个人有关。

他们马上要求去江西那边的干警赶紧向那个黑衣人施加压力,让他帮忙去找这个长粉刺的大男孩,同时,立刻开车去了滨湖。

这一次他们仍没有找方斌。任广明就是这个脾气,别人可能理解成是他的怪癖,但实际上他认为他的直觉往往是重要的,如果找方斌,反而会更早地就丢掉这个线索,至少不像现在这样,是警方而不是别人首先将侦查方向对准了这个叫胡进的人。

到了滨湖,通过调取资料,他们了解到了胡进的一些情况——他已经复读两年,加上上学较迟,比方斌这些孩子要大三四岁,现在应该二十二三了;磨店户籍是临时的,老家在江城,并且,户籍本上的信息未必准确。

还记得邱贵说的吗?他认为汪丽那一天好像是要见什么人。任广明说。

可是,不会是见这个叫胡进的孩子吧。小廖说。

胡进跟方斌关系不错,两人主要是在校外有一些交集。在学校,方斌是个老实的孩子。任广明说。

但在校外方斌主要找胡进玩,说明方斌还是爱玩的,不然汪丽也不会每天都要从芜埠赶到合城来看管他的学习。小廖说。

任广明和小廖并没有到胡进的住处去,因为胡进已经消失了很长一段时间。他就读的复读班很不正规,平时没有点名和考勤,所以校方并不十分清楚胡进的动向,只说也许回老家去了。

也就是当天晚上,胡进在江城被抓获,他承认他就是那个卖掉本田车的人,但在江城的突击审讯中,他并没有承认见过汪丽。

任广明在电话中让分局的同事赶紧把胡进押回合城审讯。

57　小叶

把胡进从江城押回合城,要两天的时间。任广明以为抓到胡进,案情会有更大突破,他想他应该好好地睡上一觉,这样好在第二天去审问胡进。

但就在他和小廖刚分手,准备回家时,他突然接到局里的电话,说尸检报告有一项新的内容十分重要,请他务必赶到局里。

同事在电话中说,吴局长和潘特派员已经比他先知道了这次报告的内容。

是什么内容?你立刻告诉我!任广明暴躁地说。

但出于纪律原因,这位同事没有跟任广明说,他知道这都是那个特派员搞的鬼。

他立马给小廖打电话,小廖也很吃惊,他对小廖说他已接到电话了。然后他接上小廖,两人一起往分局赶。

潘特派员坐在最顶头的椅子上,神色凝重,而吴局长则坐在侧边一点的位置。这种坐法让他很反感,因为潘特派员坐的那个位子一直是吴局长坐的。

告诉你,如果案情再没有进展,我这个局长也当不下去了。吴局长说。

他终于理解为什么潘特派员坐在吴局长的位置上了。

现在情况基本比较明朗了。潘特派员有点尖声尖气地说。

到底什么尸检内容？他问。

吴局长说，不是尸检，是物证，你看看。我们现在办案的受制因素太多，为什么早没有人从毛衣上下功夫？

找到什么了？小廖问。

吴局长说，告诉你们吧，在汪丽的那件毛衣上，找到了牛鬃毛。

很粗的，足有松针那么粗呢。潘特派员强调。

我还以为是什么呢。任广明也学着特派员的做派神起来。

你这是什么态度？吴局长有点愤怒了。

但这又何必呢？

任广明说，关于牛的问题，我已经在提审小叶时问过了，他说他在逃走时是忘了牛的，所以我认为我们没有对牛的问题有丝毫的忽视。现在检出牛鬃毛，如果有助于案情的进展，我们也不感到意外吧？

说说你的看法。吴局长说。任广明听出来潘特派员一定是已经向吴局长提出什么看法了，这使得吴局长比较被动了。

应该提审小叶。任广明说。

这还用提吗？特派员下午就已经审过了。吴局长说。

任广明深感意外，这么说关于尸检的物证至少在下午之前就已经出来了，那为什么这么晚才通知他呢？

潘特派员说，这牛鬃毛会使小叶的犯罪证据链更加完整，至少表明是小叶将汪丽的尸体用老牛驮着抛向安丰塘的。

他心想也许这个特派员就是用这个思路去提审拖拉机手小叶的。

说到证据链,如果从牛鬃毛来反向建立的话,也许这个逻辑是可以逆向推的。但问题是,一个真正的神探是不会这么去做的,一切都要看事情本来的样子,牛鬃毛只是死者毛衣上的一根毛而已。

我要求提审小叶。任广明对吴局长说。

还有这个必要吗?潘特派员向吴局长投去一种不屑的目光。

吴局长也许是被这目光给刺激了,他一时下不了决心,只得摆手说,你又能审出什么名堂?

当他坐到审讯室时,他发现小叶的胡子长出来了,头发也长了,人比较憔悴。

怎么还要问我?小叶问。

怎么,烦了?任广明问。

不是有人问过了吗?小叶说。

那是你的牛!任广明说。

是我的牛又怎么样?我讲过了,我根本就没有在意到牛,所以我上次就讲了,我开上拖拉机就走了,我没有再接触我的牛。小叶说。

那是牛鬃毛,现在出现在死者汪丽的毛衣里,你怎么解释呢?任广明问。

我没有办法解释。再说我讲过我离开了我的牛,我唯一能交代的是,我和这个女人做了那件事,其他的,我什么也没做,那跟我的牛又有什么关系呢?小叶说。

小廖看小叶似乎不仅比之前憔悴,并且说话有点不那么顺畅了。

仅仅做了那个事,就是强奸那个事?任广明问。

没等嫌疑人答话,他就说,当然你自己不认为是强奸对吧?因为没有人反抗。

说到这里,任广明突然有点想笑,但他克制住了。

小叶低下头。

任广明说,事情是这样的,你看,这根牛鬃毛的出现至少表明了几点:第一,你的牛跟汪丽有了联系;第二,因为这牛是你的,所以你通过你的牛跟汪丽这个死者产生了进一步的联系;第三,可以这样说,你的牛通过你,跟死者汪丽有了联系。

任广明的话有点绕,但小叶还是听进去了。

小叶说,我说过我根本没有再碰我的牛,在我和这个女人做了那件事之后。

我不如把话说得白一点,那就是,你用你的牛把尸体驮到了安丰塘,然后把尸体抛进了安丰塘。这就是牛鬃毛给我们带来的合理的理解,你说呢?任广明问。

我没有这样做,绝对没有。小叶说。

58　任广明

他嘴里还在嚼着高同烧给他吃的竹笋,那边小廖已经打过三次电话催促,要再不快些,让特派员先进了审讯室,那就更加被动了。

怎么一个嫌疑人也要抢？他在电话中骂道。

这边的高同打开一瓶酸奶,要用勺子舀给他吃。

他挂了电话,突然意识到不对,所以索性坐下来,对高同说,哎,你看,这都成什么了？一幅美好的生活图景。

你不要这么敏感。高同说。

哎,高老师,我跟你说,你不认为这么其乐融融其实特别不对劲吗？任广明说。

怎么不对劲了？高老师问。

我是说我跟你到底什么关系啊？我们这样,你对我这样好,一边是琴声飞扬,一边是热锅上鲜味弥漫,我看我们这样,是不是太不像话了？任广明说。

她很想掸掸他身上的灰尘,可是他却不干了。

他坚决地说,这样不行。

我看没有什么不行的,你不要老是陷入你自己的情绪中,神探也要正常生活嘛。高同想开玩笑。

对不起,这样不行。他说。

有什么不行的?她忽然眼圈红了。

这就让他更加不自如了。

她说,我上午才从医院回来,我容易吗?一边是我的老板,一边是我的学生,我能怎么样?我夹在你们中间。

什么?!你去看那个苏孙了?任广明问。

高同说,还不是为你好吗?我是去为你说话的,你晓得吗?我看了核磁共振的片子,人家的下身可被你踢坏了。

不就是水肿吗?他气愤地说。

你说得轻巧。当然,我是跟他讲了,你是因为办案压力大,所以情绪才起来的,尽量淡化那方面的原因吧。高同说。

对你老板你反正也算自家人。任广明忽然有点想笑。

好了,我马上要去审才从江城押回来的嫌疑人,我不跟你多讲了。但总之,我们也太不像话了,还是学琴吧,其他的我看你还是好自为之吧。任广明说。

59　胡进

你叫什么名字？任广明问。他照例是拿着烟,但没有抽。小廖坐在边上,潘特派员在外边晃了几下,没有进来。大概是因为纪律的缘故,合城的事情他终究要看局里的意思。

胡进。那个大男孩说。

不过他看这个胡进几乎是始终在变化的,有时觉得他年轻,有时又觉得这人很老成。

知道我们为什么抓你吧？任广明问。

胡进说,知道,因为那辆本田车。

讲讲车子吧,按你想好的讲。任广明说。他从来就是这样,即使对方再死硬,他也要把自己的意思先讲出来。

我是卖了那辆本田车的。胡进说。

继续,哪来的？任广明问。

我从路上开走的。胡进说。

有没有钥匙？任广明问。

这人顿了一下,显然,这胡进还是年轻。

胡进说,我发现车钥匙就在车上,所以我就把车开走了。

你说得很轻松啊,在什么位置?哪条路上?任广明问。

胡进说,老合淮路。

具体位置?任广明问。

胡进说,这个我讲不清,反正在大圩一带。

然后呢?任广明问。

然后我就把车子开走了。胡进说。

这么讲,你是没有耽搁时间,开了车子就走的?但我们早已经调取了当天甚至第二天相关道路的录像,我们发现的时间可能跟你说的不一致。任广明说。

那是什么时间?胡进居然问了起来。

任广明其实一直搞不清的是为什么没有那辆车从老合淮路出去的踪迹。这只有两种可能,要么没有上省道以上的公路,要么就是在附近停了一段时间才上的路。

任广明说,这肯定不对,因为至少你没有立即从老合淮路开出去,我是说没有上大路。

胡进望着灯。

你要讲实话。任广明说。

你到底是怎么拿到这个车子的?钥匙在车上,但车上没有人,并且你就把它开走了,有这么巧的事情吗?可能吗?任广明问。

反正就是这样的。胡进说。

这样吧,我读一个材料,你听听看。任广明说。

任广明于是就把这个胡进的身份信息,在滨湖一中就读以及复读情况,还有校方评价都说给了胡进听。

胡进说，既然你们掌握了情况，我看就不用审了吧。

坐好了！小廖在边上呵斥道。

任广明发现胡进确实有点无所谓的样子。

你只有好好交代，才有出路。任广明说。

嫌疑人低下头，任广明知道犯人的防线正在松动。

你是方斌的朋友？任广明问。

听任广明提到方斌，胡进激灵了一下子，这就让任广明放心了，看来这人坚持不了多久了。

胡进说，他是我同学。

不止同学那么简单吧，你们是好朋友，对不对？任广明问。

关系还不错。胡进说。

知道我为什么问起方斌吗？任广明问。

胡进说，不知道。

你到底要拖多久？任广明问。

嫌疑人抬头看了看灯。

嫌灯太刺眼，那就早点说。任广明说。

我只是卖了个车子。胡进重复道。

要是就这么点事，你也不用跑那么久，我们也不用还要派人去江西那边调查，现在你自己最清楚，你知道那是谁的车子，不是吗？任广明问。

胡进低头。

说！任广明喝道。

是汪丽的车子，对不对？你怎么会不知道是汪丽的车子？你不仅知道是谁的车子,而且你认识这个人,是不是这样?任广明说。

胡进的防线当然是崩塌了,他没有办法坚持下去,在抓他那一刻,他也就预计到了这一切。

那天,我和她见了面。胡进说。

时间?任广明问。

下午五点五十分,后来到六点多了吧。胡进说。

然后呢?任广明问。

后来,我们起了争执,我就杀了她。胡进说。

任广明遇到过很多这样的交代场面,好像杀人在这些人讲起来是一件特别稀松平常的事。

为什么要杀她?任广明问。

不为什么。胡进说。

任广明知道这个可以稍后再问。在有些人眼里,人的生命是特别渺小和简单的。

怎么杀的?任广明问。

胡进说,就是突然掐住她,大概有几分钟吧,她就软了,死了。

在什么地方?任广明觉得思绪有点乱。

在那个亭子里。胡进说。

哪个亭子?任广明问。

胡进说,就是大圩那个亭子,距停车点不远的那个亭子。

为什么选在那?任广明问。

不为什么,就是那个地方。胡进说。

风景好?任广明问。

任广明有点后悔自己这样问,因为嫌疑人不太听得懂,思维有点跳跃了。

是她让我选个地方的。胡进说。

你是说汪丽让你定的?那你们本来约在那见面是要干什么?任广明问。

胡进说,我知道她不会答应我,所以我就想最后谈一次,其实在我看来,如果她不答应我,我就再不在这个地方了。

答应你什么?任广明问。

胡进说,我喜欢她,但她说她比我大得太多了,她认为我应该做我该做的事,爱我的同龄人。

你喜欢汪丽,喜欢你同学的妈妈?任广明问。

我不觉得她是我同学的妈妈,我只是很喜欢这个人。胡进说。

任广明看到胡进在提到喜欢汪丽时,眼睛忽然明亮了许多。

你怎么认识她的?任广明问。

她每天都来接方斌啊,我不是每天都去学校,但只要我去,我就会见到她,就认识了。胡进说。

她对我挺好的,给我一些日常用品,学习方面的、生活方面的。因为我和方斌熟,方斌知道我家经济条件不好,所以她就总是接济我。胡进说。

你杀死了一个接济你的人?任广明问。

任广明放下手中的笔,他没有想到胡进是喜欢汪丽的。

你对你的情感有认知吗?有把握吗?任广明问。

有,我知道怎么回事。胡进说。

那当时在六角亭上,到底是什么事情促使你起了杀心?任广明问。

也没有什么,我当时就反复问她一句话,行不行。胡进说。

什么行不行?任广明问。

胡进说,就是让我爱她行不行。

你这话没头没脑的,她知道是什么意思吗?任广明问。

胡进说,我想她应该知道,就是我喜欢她、爱她,我要她答应。

这怎么答应?任广明问。

胡进说,其实我就是要她答应。

你一直都在这样要求?我是说在约到六角亭见面之前,你也在要求她答应?任广明问。

胡进说,是的。

你在要求什么?任广明问。

见胡进低头,任广明又问,有没有具体的?比如身体接触,或者你有没有这样做过?

胡进摇了摇头说,没有。

你是说你从没有,哪怕拉她一下手?任广明问。

胡进说,没有,我没有这样做过。

那要是她答应了,你要干什么?任广明问。

胡进说,我不知道,我就是要她答应。

但她没有答应。胡进说。

胡进的眼睛这样明亮,让任广明和小廖以及笔记员都很惊奇。

胡进说,她给过我不少东西,还有钱,她是个很好的人。

那你还杀她？任广明问。

可我没有办法忍受。胡进说。

忍受什么？任广明问。

我没有办法忍受她不答应让我爱她。胡进说。

还记得那天她穿的什么衣服吗？任广明问。

红色的毛衣。胡进说。

在亭子里，你杀死她，她反抗了没有？任广明问。

胡进说，当时有风，天色已晚，我站到她身后。她真好看，从后边看也很好看。我忽然就从后边掐住她，然后几乎把她拎了起来，她背对着我，蹬了脚，在空中像小鸟一样，很快她就死了。

然后呢？任广明问。

然后我把她放到柱子旁斜倚着。胡进说。

60　胡进

其实局里和厅里都认为,汪丽案中,抓到了胡进是一个重大的突破,可以说大家认为案件告破基本没有问题了,但想不到在审讯过程中还是出现了一些意料之外的情况。

吴局长和潘特派员就站在走廊里,因为案情重大,他们没有办法不关心。除了要拿到最核心的杀人的证据之外,他们认为还要弄明白他整个作案的经过。

任广明在之前就讲过,主要是要连在一起看。

吴局长在他进审讯室之前也问过他,跟什么连在一起?

任广明说,当然是那天在汪丽身边出现过的所有人。

拖拉机手已经供认了全部的相关犯罪事实,当然他是自认为汪丽当时已经去世了,而且这个叫胡进的承认了是他杀死了汪丽,现在的问题是,胡进的话就一定可靠吗?

所以,在任广明出去抽烟时,吴局长和潘特派员站到审讯室的拐角,依照他们的经验,嫌疑人很难在强灯的照射下看得见除了坐在他面前的人之外的人。

任广明问,你再说一遍,之后呢?

胡进说,我发现她死了之后,就把她斜放在那根柱子边上,我本能地想离开这个地方。

你就一走了之了?任广明问。

胡进知道自己再防守已经没有意义了,虽然他只不过二十二三岁,但是他的人生经历并不那么简单。

他说,我到公路上把车开走了。

哦,这是你讲的你卖掉的那辆车,但是,为什么按你这个时间点,我们没有看到这辆车出现在市区或绕城高速或国道的任何一个探头视频中啊?

胡进说,后来我又回去了。

这就对了。任广明想。

你又回去了?回去干什么?你不是杀了她吗?任广明问。

胡进说,我沿老合淮路开了一段,我没有上高速,也没上进城公路,当然更没有进城区,我是向合城城东方向的一条小镇公路上驶去。

向哪个镇子?任广明问。

过磨店再向东。胡进说。

那你再次回到大圩是什么时候?任广明问。

胡进说,具体几点没有印象,反正应该过去几个钟头了吧。

你把车子停在哪?任广明问。

胡进说,差不多还是停在之前的地方,然后我又去了六角亭。

你去干什么?任广明问。

胡进说,我去把她扔掉。

任广明顿了一下,因为他听到背后的特派员呼气声音很重,他很厌烦特派员就站在身后。

你是想毁灭证据？任广明问。

也不完全是，我只是反复地想，让她那样靠在柱子上，我很不舒服，所以我才回去的。胡进说。

之后呢？任广明问。

胡进说，我上到亭子上，发现她不再是我之前放着的那个样子，而是整个瘫了下来，但又不是从我放她的那个位置瘫下来的，明显有过几十厘米的移动。

这你怎么解释？任广明问。

胡进说，我当时不是害怕，而是很难过，因为我想到了她之前对我的好，包括给我钱，给我东西，还说要介绍我去技校学习，所以我没想那么多。

你怎么办的？任广明问。

我在机耕路上就看到了有一头牛，我很吃惊怎么会有一头牛。当然，这块地方我来过，有牛也很正常，所以我把汪丽背起来，那时我心里难过极了，拐过岔路上了机耕路，我就把汪丽放到了牛背上。胡进说。

是你把她放在牛上的？任广明问。任广明心里极度迷惑，因为从之前拿到的尸检物证来看，满以为牛是小叶的，小叶强奸了汪丽，小叶用他的牛抛尸，那现在得知是这个胡进干的，并且用的是另一个人的牛。

你认识这牛吗？任广明问。

胡进有些诧异。怎么可能呢？胡进说。

但对于一个有素养的警察来说,这么问又是相当高明的,至少他自己这么认为。

我不知道这是谁的牛。胡进说。

讲讲你是怎么把她拉向池塘的。任广明说。

胡进说,她是倒着趴在牛背上,因为这样不容易掉下来,我在前边牵着牛。那晚虽然不大亮,但应该有月亮吧,至少有星光,所以我就把她拉到不远处的安丰塘塘埂,并把她搬下来。这是一口深塘,塘埂是直削的,所以几乎一下子她就沉下去了。

路上碰到什么人没有?任广明问。

胡进说,没有。

那之后呢?任广明问。

胡进说,我又把牛牵回到之前它站着的地方,再之后,我就回到老合淮路,重新开起了本田车。

61　高同

现在真想弹上一曲。他有点兴奋地说。尽管他的兴奋完全是装出来的。如果不是案情有了进展,他是不会容忍这个叫高同的老师三天两头以教学的名义到他的家中来的。

那好,我教你。高同说。

她帮他把外套在衣帽架上挂好。

我随便说的,我哪会弹?任广明说。

我教你,这样吧,就弹《致爱丽丝》。她说。

他忽然很沮丧,他自己也知道这变化太快了。什么《致爱丽丝》,我跟你说,我觉得最俗的就是这个。

高同见他脸色变得这么快,非常担心,说,可是这有什么不好呢?

庸俗,你懂吗?他说。

她知道如果承认他是个神探,就得体谅他有些不对劲。

那好吧,《小夜曲》,舒伯特的,行吗?她问。

可我又不会。他说。

她想捏住他的手,但他有点抽搐,她意识到他处在一种特别不冷静的状态中。

到底怎么了？她问。

他说，其实本来我今天应该很开心的。

那你就按你本来的开心不就行了吗？她说。

可是，一切不如我想象的那样。他又说。

到底怎么了？她问。

他指了指她说，比如说你吧，你怎么能这样呢？你为什么认为我就可以这样呢？你是我的钢琴老师不错，但你认为你真的仅仅是个老师吗？你是不是认为你有必要跑到我的家里来呢？

高同双手合在一起，她反而不那么紧张了，因为她知道对于这样的人来说，这样的状况是不能纵容的。

她说，那好吧，我可以不教你的。

我不是这个意思，我只是让你不要以为我是那么需要你到我身边来的。他说。

她看到他眼神中有一种特别向里收缩的后退的东西，那是什么？

她拉他的手，让他坐到琴凳上。她是勇敢的，她教他弹每一个他应该记住的音符，同时，她的胸像以前每一次那样顶在他肩头。

她发现他平静了。

他说，快了。

什么？她问。

他停下触碰钢琴的手指，扭过头来，脸离她很近。他说，案子快破了。

她的胸仍抵着他，况且他的脸和她也离得这么近。她自己的脸反倒红了。

她说,难怪这样,案子破了,太好了。

还没有完全结案,但差不多了。

他站了起来。

她给他倒了杯水。

他站在客厅的中央,回头看了看卧室里的钢琴,以及刚才两个人坐着的地方,那里有琴凳和一张转椅。

她站在卧室的门口,她穿着拖鞋,棉的,是他的。

我们抓到了那个杀人者。任广明说。

那太好了。她说。

一个大男孩,二十三岁吧。他说。

这么年轻就杀人,真是太不应该了。她说。

可是,你知道吗?我不认为案子彻底破了。他说。

那你还可以查什么呢?她问。其实她去过两次安丰塘,她感到神探的人生本身就是奇特的。

我们有个特派员。他说。

是管你的?她问。

他向她投去有点愤怒的目光,她知道他是非常有情绪的。

不是管我的,是要代替我,你们的苏音乐家不是要告我吗?他说。

好啦,你不要总担心这个,事情会过去的。她说。

但是,特派员是个浑蛋!他说。

怎么了?她问。

他说,特派员说我没有真正抓住要点。

什么要点啊?案子不是你负责的吗?她问。

他喝了点东西,终于在沙发上坐下来,他摇着头,大概他仍是不甘心的。

特派员和你有冲突?她问。

他说,特派员要扭转动机。

这是什么意思?她问。

他说,这个叫胡进的就是喜欢这个汪丽,他要她答应,所以约她在六角亭见面,但汪丽不答应,所以情急之中胡进掐死了汪丽。

特派员指出什么了?她问。

他说,特派员认为这不是动机。

这是什么话?她说。

他说,这是干预我的办案。在动机上,第一个动机就是唯一的动机,尤其是当事人自己的供述,但是潘特派员的意思是,胡进不可能因为被汪丽这样拒绝就杀人的。

他记起了回家之前在局里跟潘特派员的对话。

潘特派员手里拿满了材料,看那样子,完全是他主导这个案子似的。小廖只是在一旁笑,因为案子基本告破,所以局里一片和气。

在会议室里,潘特派员先发的难。

潘特派员说,案子可以结了。

这是什么话?任广明不能允许别人在他面前占这样的主动,这至少是他的案子。

他说,再看吧,我请大家注意。他看了一眼四周的人,接着说,胡进讲了,在他重新返回杀人现场,就是那个六角亭时,他注意到尸体有过移动,不过这是他认为的尸体啊,因为有移动,所以我提醒大家注意,这是否说明尸体还要再看,因为你们知道,既然他发现了位置的移动,那我们就要考虑,这是否需要一个解释呢?

潘特派员有点阴阳怪气地说,那莫非你要主动地跟嫌疑人讲,在他离开这段时间到底发生了什么?

任广明非常果断地打住了特派员的话,他说,我们当然不必在审讯时跟胡进讲我们抓到的"奸尸者"小叶,但我们自己不要忽视这一点啊,这是有联系的,在时间上有序列,同时又嵌入案子,那么,我们难道不要考虑得更彻底一些吗?

那你应该审问他是否发现了别人,比如问他有没有发现后边的强奸者小叶。潘特派员说。

他说,我是审问过他有没有发现别人,或者他是否认为有人看到了他,这在审讯记录中都有,但我怎么可能主动提示他有另外的作案者呢?这是不可能的,是不能这样做的。

潘特派员说,既然你认为关于和小叶的关系,你只能这样了,那我倒想提醒任警官的是,你为什么在可以结案的地方却表现得犹豫?我说的是,胡进杀人又抛尸的这个主要情节,这是可以坐实了的。我要提醒大家的是……特派员看了看吴局长。

吴局长朝特派员点了点头,以示赞许。

潘特派员接着说,我认为在动机上我们可以扭转啊,这就是我之前跟老任说的,在动机上要挖下去啊。为什么没有意识到汪丽是个非常漂亮、性感又有诱惑力的女人?为什么认可胡进讲的他被她在语言上拒绝了,他就要杀她?我的意思是,在当天,他应该受到了另外的刺激。

任广明从来不会单独地理解人的意识和动机,所以他认为潘特派员纯属臆想。

潘特派员接着指了指任广明说,我真怀疑有些人个人意识在作祟,或者说以个人的喜好或感受去看待他人,但是,在办案中这样就不行。

潘特派员明显加重了语气。

任广明没有动,他想看对方演下去。

潘特派员接着说,对于杀人这样的重大案情,一般的动机能够解释吗?尤其是对胡进这样一个人。所以如果仅仅因为他自己供述的那点动机,就认为其成立,我们就歪了。

任广明不太清楚特派员的意思。

特派员继续说,我们的一些办案人员,总是从自己的角度出发去理解别人,尤其是这样去理解嫌疑人,这样就会犯很大的错误。所以我跟你们说,在这个案子中,胡进这一方,我仍认为他是受了巨大的刺激,所以他才要杀人的,而如果有人不这样认为,我可以讲那是因为他本人无法理解这样的刺激。

吴局长见潘特派员已经把矛头指向了任广明,他认为大家还是要团结的好,再说案子快要破了,没有必要这样了。

但是特派员没有控制住,他接着说,我认为办案人员没有从受害人的诱惑力——巨大诱惑力来理清案情,包括之前的邱贵,我早说过了,因为汪丽如此绝美,那么邱贵就会不惜一切代价要与其纠缠。当然他是直接的,就是性占有,当然他还存在一个聚众淫乱的问题,但实质上仍是,汪丽的诱惑力诱引了犯罪嫌疑人,但是,坦白讲,办案人没有很好地从这一点入手,对邱贵也没有细审。

任广明想把茶杯砸过去,小廖按了按他的胳膊,老杜也过来几次在他耳边低语,让他忍一忍。

特派员说,所以我倒倾向于认为,案子可以结,本来也在结,因为有胡进的证词,加上对整个案件的复原,我们基本上可以结案了。但是,在动机上,我认为一是可以去挖一下,二是,我不能不指出的是,办案人似乎没有办法感受到嫌疑人在汪丽巨大的诱惑力中走向犯罪的整个心理逻辑。

他恨不得把这个特派员从窗户扔出去,简直一派胡言!

听任广明讲完白天的审讯以及和特派员的争执后,钢琴教师高同倒是很平静,因为至少她自己是明白这些人的意思的。

她说,那人无非是说你没有意识到汪丽对男人的诱惑力,所以他认为你对胡进的提审是有问题的。

他不高兴。任广明说。

管他呢。高同说。高同吃着话梅,她觉得可以跟神探一起谈案子真是有点神奇。

他有什么不高兴的?她问。

他说,这个潘特派员提审过邱贵。那时他反复地审邱贵,因为他个人倾向于认为邱贵会是杀人者,当然现在这一点自然是不成立了,为此他有一些懊恼,因为这至少表明了他是有欠缺的。即使拖拉机手被抓,并承认奸尸,他也倾向于认为邱贵不会仅仅和汪丽有过性关系就一走了之,并且他压根就不认为邱贵能够得手。这是一个先天的复杂派。

任广明在谈论潘特派员时,偶尔也会对这种人有一种另外的看法。当然,他们是不同类型的人。

他说,所以尽管抓到拖拉机手小叶以后,又抓到了大男孩胡进,邱贵的问题基本上已经淡去了,他这号人仍然用邱贵做文章。他的意思是,邱贵并没有完全否认他在车内和汪丽做那种事时,有人经过车外目击过他们,或者说他本人注意到车外有人。

那怎么说?高同问。

他说,所以这个特派员的意思是,从动机上分析,应该是这个胡进看到了汪丽与邱贵的性行为,因而起了杀心。

这成立吗?她问。

他说,这不是成不成立的问题,这是一个他自己虚拟的问题。

但来自哪?她问。

他拍了拍脑袋说,他看了我在笔录后边的一个图示。

什么笔录?她问。

他说,是第一段,就是他和吴局长进来前的笔录,我画了一个人。

当然,在小叶和邱贵的审讯笔录中,我都画了这个图示。他又说。

那你什么意思?她问。

他说,就是我总在想还有一个目击者,对于事情的某个局部,某个时间段,应该有一个目击者。

仅仅是目击者?她问。

他挡了挡她,对她说,你不要打扰我,让我想想。

他抱着头,又回到卧室,坐在琴凳上,双手捂着脸。他想到了,其实潘特派员铁定是认为在那么有诱惑力的绝色女人的身上,如果有一场性,那不可能是没有观众的。

但那并不是任广明的意思。

像胡进这样的人,一个男人,是不会因为言辞的否定就杀人的,他肯定是看见了别人的性爱行为。这就是特派员的逻辑。

62　夏琳

夏琳宁愿相信中药,比如甘草片,她总是说要不是世上还有甘草片,她恐怕要把肺从身体里咳出来。

我早说过你要去看。他说。

我没有事。她说。

但是,他确实闻不到她口中有任何一点点的腥味,他总觉得她是好闻的。

她端着草药汁,一点点地喝下去,她手上捧着一本书。

我不认为你还要看下去。他说。

那总比做其他事情要强。她说。

他搓着手,坐在沙发上。他知道她没有事,也许她不过是终生都伴随着这么个动作,就是要捂着嘴咳两声。那时在医院可不行,她得戴口罩,而且如果在病房里咳起来病人会不满意,现在是无所谓了。

他们尽管睡同一张床,但枕头有时也分得很开,他有时有点悻悻地说,我真担心自己再也醒不过来。

她说,你不会的,你还很不甘心。然后她就笑。

其实,你还不如去看看她。她说。

程军知道她讲的是喜仁。

喜仁怀孕了,这个消息是喜仁自己发出来的,那么他怎么办?

他说,对于这样的事情,我没有办法吧,那是老爷子的事情。

天大的事情。她说。他听不出她是什么口气,是说这事情大呢,还是小呢?

我去也没有什么用。他说。

她还在喝着药汁,书已经落到阳台上,阳台上寒季有机物也已经长出来了,现在的他们还能像最早时那样甜蜜吗?

至少那时是甜蜜的。

夏琳说,你连带她去西藏的勇气都有,怎么却没有勇气处理这么一点事情?

我恐怕不能。程军说。

你到底怎么了?夏琳问。

他看见夏琳眼角有泪光,也许她是感觉到了在这个世界上,她能够明明白白地把握住的东西太少了。像他和她的关系,她心里真的会认为她能把握住吗?

不论怎么样,喜仁现在需要人照顾。她说。

他心里很想说,那你可以去啊,但是他又如何能这样对待夏琳呢?

我仍在接受调查。他终于说。

不是说案子已经了结了吗?她问。

说是这样说的,但不知为什么,那个叫任广明的警官,他始终在找我。

我看那个人不坏,不然也破不了案子。夏琳说。

他看夏琳细削的肩，还有纤细的腰，他看见她的胸部轻微地耸起，想到它有着无限柔软的触感，他认为他始终不适宜在这个环境下生活。

他似乎能看见她一直捂嘴咳下去。

可我并没有做什么。程军说。

我是知道你的，但是你不要以为你做好自己就可以，对不对？总是有人要找你，就像这个姓任的警察。夏琳说。

他说，那我也不能把这事当一件我没法避开的事吧，我不能伸着头一直等人来拴我吧。

不要这样讲，一切都是适可而止的。夏琳说。

其实他已经到喜仁那去过了，喜仁倒还是很开心的。他没有从她那问老爷子的情况以及老爷子是否来过，现在是她自己来处理的时候了。

他在喜仁那个地方，看她整理那些网购来的婴儿衣物，很小巧，很精致，还有一些粉红色的玩具。

因为知道她怀孕，他竟觉得她有无限母性的光辉，并且似乎身体里充满了水一样。

这是一种什么感觉？他在看着喜仁时想。

她在沙发上翻看上次西藏之行用手机拍下的照片，说这是什么山，什么路，什么峰，什么峡谷，以及这是什么林子，这是什么坡，还有幽暗的树木，发亮的石头上的青苔。她摇一摇手机问他，都还记得吗？

他说，记得。

看来你记忆没有问题。她说。

是的,我都记得住。他说。

她没有指着自己的肚子说一句话,就好像这个问题是免谈的。

夏琳说她要来看我。喜仁对程军说。

别让她来了。他说。

我知道她总是这样有点弱的样子。她说。

不是弱,她是那样颤抖着呢。他说。

怎么了?喜仁问。

他说,也没有什么。

一直在调查我。他对喜仁说。

你是说上次追到朗格镇的那个任警官吗?喜仁问。

程军说,是的。

他到底要怎么样?她问。

我也不知道,但是,他在调查我。他说。

你不是说案子都快要结了吗?她问。

但是他仍要调查我。他说。

63　任广明

高同和任广明在百货大楼挑选中山装时，任广明忽然发现高同的身上有一种桌布正在向下拉伸的拽着的感觉。

这是一种什么印象？他问自己。

她对服务员说，我就觉得他穿中山装是最合适的。

服务员说，这位先生身材瘦削，中山装穿起来显得威严，像一个管人的人。

她在拍他的背，他本来不想挑中山装，可是高同坚持认为不要挑西服，因为他实在不合适。

但穿中山装坐在钢琴前就很合适吗？他问。

她说，那你也不要老是想到钢琴，现在你要想想别的。

他也许知道她的意思。

高同已经离婚了，现在正在从以前的房子里向外搬东西。她离婚是没有跟他说的。

他也没有过问。

但任广明知道她离了婚了。就是最近的事情。

她烫了头，虽然她从来不像她老板苏孙那样像个钢琴家，但她有一种对待钢琴像对待青菜一样的感觉。

她实在是太熟悉钢琴了。

他说,我有时会设想假如我的手指也能那么自如地敲击琴键就好了。

他在镜子前照过自己穿上中山装的样子,他认为不算难看,但也并不好看。

回到家里,她对他说,你早该打扮打扮自己了,不然你配得上"神探"这个称号吗?

那是要靠办案子的。他说,不靠衣装。

你不是把这么个案子办下来了吗?她问。

他们之前才开车到安丰塘那边去过,她知道他带她去了不少次。这反而是她坚定地认为他对她有意思的一个有力的证据,否则他为什么要带她去那个地方呢?

他对她说过,案子就是案子,只要抓到了人,我们就能办下它。

她知道他是神探,他这话不是说从人突破的问题,而是说案子都是人做的,人齐了,事情就通了。

所以,回到家,她立即到厨房去忙起来,他则坐在客厅抽烟。

他记得即使像高同这样对案子一点分析能力都没有的人也能听得懂他讲的话,胡进做了什么,邱贵做了什么,小叶做了什么,你看我们就把这个案子拿下了。

他踱步到卧室。

他之前就老想看一看那个编号为 360 多万号——很大的号,已经逼近当下,二十世纪九十年代的钢琴。苏孙说过,钢琴有七八十年琴龄的情况非常普遍。

可这台琴多么年轻。

你在干吗？烫了头发的高同在厨房门口问。

他打开了琴顶的盖子，他看见了那个在钢板上凸印的数码，他一个数字一个数字地摸着。

雅马哈，一个流行全世界的钢琴品牌，并且这么多台，现在他终于有了一台。

它有自己的音色。

他没有碰琴键，现在他越来越懒得去碰它了。他觉得这不是关乎自己能否拥有音乐的事情，这只是他和一台琴产生了联系。

他向下看，在数字下边一点点，还没到钢丝的地方，他看到了一处暗红的痕迹。

凭着他多年的经验，他知道那是血迹。

一台钢琴，一台在苏孙看来年轻的钢琴，却在那么隐秘的部位，有一大块血迹。

她就站在卧室门口，因为她发现他正勾着头，用手机的电筒耐心地照着琴的钢板。

有东西。他说。

她没有作声，她有点害怕。

他知道她就站在身后。

一台琴也会这样。他说。

是从日本来的？他问。

她也没有答。

他知道当然是从日本来的,二手钢琴都有编号,它的整个物流的程序都有记录,其实每一台琴都对应着那些弹过它的人。

它来自日本,某个县,某个地方。

他扭过头,看见她烫起的头发有点蓬松,一如她紧挨着他肩膀的胸部,那是多么软和而平实。

但是,你为什么不弹起琴来呢?他在想。

然而,她害怕,她觉得这个穿中山装的男人目光里有一种穿透黑暗的力量,一直穿过音符和琴谱,抵住她的手指。

他突然问,你为什么要离婚?

为什么?!他又问。

她把头发向后弄了弄,咬着下嘴唇,没法作答。

64　程军

还是最早调查程军时,他们见面的那家咖啡馆。这次他们仍然在这里谈话。

你这身中山装挺不错的。程军说。

小廖几乎想抽这人一记耳光,但任广明倒也无所谓,毕竟他对这身中山装不那么了解。

现在可以讲了吗?任广明问。

我随时可以讲啊。程军说。只要你们认为你们需要。你们什么时候停止过调查呢?对于我,你们是不是已经算客气了呢?

小廖说,你的话并不那么好听。

你不要这样讲他。任广明批评了小廖。小廖也懒得做记录了,反正围绕这个人的,一直是那份乘车记录。

上次我已经问过你,包括也找你女朋友夏琳还有你父亲都核实过,至少他们没有办法证实 24 号下午六点以后,他们见到了你。那我们的问题是,那时你在哪?任广明问。

我知道你一直在盯着我,我也用不着回避了,因为现在我可以告诉你的是,我对汪丽确实是有感觉的。程军说。

你这话几乎没有任何意义。任广明说。

但说出来,对我是个解放。程军说。

我们不讨论感觉,我们只在乎你那天下午六七点钟在哪,因为我们在出站口的录像中并没有找到你。任广明说。

我从不在乎你有什么办案的本事,这不是我的事,但你一直这么问,我也就认真地回忆,显然,我跟你们可以实情相告,我的回忆没有问题。他说。

是记忆。小廖纠正。

对不起,就是回忆。程军说。他认为回忆是个动词,因为现在,他要靠回忆来告诉他们当时他在哪。

我也可以没有记忆,因为我经常头昏。我还在高铁上昏迷过,这我是告诉过你们的。程军说。

这不重要,我们要知道的是24号你在哪。任广明说。

他们彼此都有一种冷漠,但这都没有什么了不起的。

现在案子结了?他问。

他没有等到任广明的答话。其实他也并不在乎案子结不结,他更主要的意思是,你们终于也走到头了。他倒更愿意相信他们即使破了这个案子,他们本身也不会更加舒服。

我可以跟你讲,列车在五点三十五分,在安丰塘那个位置,也就是相较合淮路正平行于安丰塘那个位置,临时停车了,这个我们在铁路局拿到了准确的资料。任广明说。

所以,我正要跟你们讲的是,我那时跳下了火车。程军说。

你早该告诉我们。任广明说。

可我没有必要。他说。

你怎么跳下车的？任广明问。

程军说，我坐在左侧的车窗边上，当列车停下来，面向这无边的田野时，我就到另一节车厢去了。

你没遇到过这种情况？任广明问。

老实说，这趟高铁在进合城站之前差不多每次都要在这附近的位置临时停车，因为要给另一趟高铁让道，所以我知道它会停下的。他说。

那你干吗要起身到后边去？任广明问。

因为我没有看到汪丽。他说。

24号你当然看不到她，她在本田车上，不在高铁上，你怎么看得到她？任广明问。

可我不知道啊，我一直在找她，因为我知道这趟高铁从芜埠上来的乘客的座位都集中在那两节车厢，所以要找到她并不难。他说。

但你24号没有找到她。任广明说。

而那时她的车子正好停在合淮路上，根据我们的调查，在高铁上应该能看到停在合淮路岔口上的车子。任广明说。

任广明又问，你认识她的车吗？

他没有作答，低头喝咖啡。任广明看出他是有情绪的，但这像他吗？任广明在想。

我不知道。他说。

什么意思？任广明问。

他说，我不知道我是不是认识她的车子，我当时没有这样考虑，因为这是很长时间以来,我第一次发现没有跟住她。

你当时心情很坏?任广明问。

他说,我不知道。

任广明发现当问到他比较主观的问题时,他总会这样回答。

我是说你沮丧了。但她的车就停在不远处,高铁上视线又好,你为什么看不见呢?任广明问。

他没有回答这个问题。

他说,我就走到差不多最后一节,不,应该是倒数第二节——我是走到过最后一节,但发现那里走不通。在倒数第二节,我进了卫生间,看到那儿开了窗户,我就爬窗户,然后跳了下去。

那是在哪一侧?任广明问。

他顿了一下,说,我不知道。

其实,我们已经调查过这趟高铁,厕所在西侧,就是火车由北向南行驶,朝南看,是在火车的左侧,是倒数第二节车厢的卫生间的位置。任广明说。

那就算是吧。他说。

然后呢?任广明问。

他说,我跳下高铁,高铁就动了,仍然是在等候另一趟高铁通过,所以即使动起来,速度并不快。我就在铁轨外边,跟着高铁一起向前走。

65　秦文

程军是在一家花房的外边见到秦文的,她是汪丽的好朋友,汪丽以前在他面前提过很多次,他跟汪丽讲到他老家舒城的两座大山时,汪丽就跟他讲,她的朋友秦文似乎也提到过那两座大山。

她的胳膊很美,上边的绒毛在阳光下闪着淡光。

她穿着和汪丽一样的豹纹T恤,长袖的,袖子卷着,头发显然没有打理,但这是一个美女,几乎跟汪丽有着某种近乎相同的感觉。

你来了。秦文说。

他说,是啊,也许我们早就该见面了。

她说,你到楼上坐吧,我再浇点水就上去。

这是一家花艺室,他猛然觉得也许夏琳更适合待在这个地方,然而她却在家里,在阳台上,在那么小的地方种植花草。

这是我朋友的花艺室。她上来后说。

他不知道她为什么在这里,也不知道为什么要约在这个地方见面。

他说,汪丽已经走了很长一段时间了。

她用护手霜在手背上抹了几下。

她的嘴唇厚厚的,涂了唇膏,还有一点淡彩。虽然她并不年轻,但依然风姿绰约,并且有一种隐约的娇媚。

她老跟我说你。他说。

她说,是吗?

他不知道怎么讲下去。

其实他也不知道要讲什么,但是他必须见到她。他说,我跟汪丽说过,在我们老家有大山。

是啊,那儿有大山,但很多地方都有大山。她说。

你们一直在一起?他问。

她说,那是许久以前了,年轻时我们走南闯北,拼命地挣钱,我们要生活。

我其实不大了解汪丽,我是说至少不像有些人那样非常地了解她。他说。

你是找我来了解她的吗?秦文问。

秦文的个子比汪丽要矮一些,但她的身材比汪丽要丰满,只不过她的娇媚的影子只是藏在身体的深处,只要听她讲话,看她做事,就会知道她是非常利索的一个人。

你是她的朋友?秦文问。

他说,我不知道她怎么提我的,所以我只能说从我自己来讲,我是把她当朋友的。

什么样的朋友?她问。

他不大说得上来了。

她倒是也说过你。她说。

哦,大约没有什么好印象吧。他说。

那也谈不上,但你不觉得你并不了解她这个人吗?她说。

他这才发现其实他并不特别了解别人。

他说,我一直在试图了解她。

什么方式?她问。了解了多少?

他答不上来。

就是跟着她?她问。

他低头。

她又说,就是随时都跟着她,像个影子一样跟随着她——一个叫汪丽的女人,那么你要干什么?

他有些挣扎着试图来理解她说这话的意思,但至少在目前的局面下,他认为秦文是了解他这个人的。

你怎么知道的?他还是有点多余地问。

这个能不知道吗?能不知道吗?她又问。

他明白了,至少她这样说,那是汪丽跟她讲了的。

汪丽一直都知道,知道我跟在她后边?他问。

秦文的身后就是很高的花瓶,里边的花枝向上昂立着,他有些害怕,觉得他还从没有这样在外人面前感受到别人对他无比透彻的观察。

她说,她知道你始终在列车上。

他有些后背发凉。

那她怎么说的?他问。

她还能怎么说?她没有办法说得更多啊,当然你不是那种男人。

哪种男人?他问。

我也不知道,我是说你至少不是那种明确地告诉女人你要干什么的男人。她说。

我不知道见到你,你会跟我说这些。他说。

我告诉你的,你也可以告诉别人。但首先,我告诉你的是,我也是个女人,所以我知道一个女人说出她被别人一直跟着的时候,她是一种什么感受。秦文说。

什么感受?他问。

她说,至少说明她是被在意的。

可你了解汪丽吗?她又问。

他很难过。他说,她很美,但她死了,她被杀害了。她面容姣好,而且非常干练,这完全是另一种类型的女孩子,所以他没有办法不显现出某种激动。

她出事之前还和我讲,她最担心的是我落下的病。她忽然有点疲惫地说。

他不明白她为什么要讲这个。

你哪个地方不好?他问。

她说,也没有什么,我的肝不好,老毛病了,慢性的,年轻时就得了,所以汪丽她一直都是知道的。

肝炎?他问。

是啊,很难治的。她说。

他看她不像。

我倒很想知道她年轻的时候是个什么样子。他说。

你现在还想了解吗?你为什么到现在才想了解?那么多天,你一直跟着她,像一个深爱她的人,那你为什么不尝试着去问她,了解她? 为什么不呢? 她问。

他看出她也有一点激动。

他没有办法回答。

她说,你知道吗,我们年轻时非常不容易。

他觉得她有些伤感,但是他希望她能谈谈。

秦文说,那时我们在歌厅,你知道吧,那时歌厅虽然比现在破,但很久以来都有歌厅,我们做得很辛苦。

他不知道他能不能问得明白一点,但是她看着他的眼神在鼓励她。至少汪丽已经死了,也许了解一下不是坏事。

她说,我们在歌厅挣钱,当然也有欢乐。如果说到美,那时年轻是真的美,你不知道汪丽那时有多好看。

你也一样吧。他说。

她听他这样讲,知道他是一个现实的人。她突然问,怎么,你对我也会感兴趣吗?

他于是讲起自己在她出事那一天,也就是24号,他跳下了高铁,沿着铁轨的西侧,一直向南方走去。

那天,她本来是要去见她儿子的。她说。

她每天不都是这样吗? 他说。

那天也是。她又说。

但是,她却死于非命,她有一个讲起来其实都比较麻烦的像故事一样的人生。

她走得太惨了。秦文低下头,眼里涌出了泪水。

那时她很美,爱笑。那时我查出得了肝病,她一直陪着我。她说,不要紧的,我们都会一直走下去的,什么也挡不住,疾病也是。秦文说。

她侧过头,用餐巾纸擦了擦眼睛,问他,你24号到底见到她没有?

他说,我一直跟着列车向南,列车很慢,但终归开向了车站,而暮色中的田野一片安详。我知道天已经黑了,我茫然地走在田野上,我似乎觉得从没有失去她。

失去她?秦文问。

他说,我是说,我从没有在跟踪她时失去她。我跟在她身后。

你是否也爱着她?秦文问。

他说,我不知道怎么回答你的问题。

他又说,我知道那里有池塘,有亭子,有机耕路、老公路,我知道在那空寂的田野中,每一处都很宁静,极度的宁静,而她就在那几里的范围里,被玩弄、强奸、杀害,失去生命。

他有点喘气地坐着。

你没事吧?秦文问。

他倒是没有什么,他抓住她的手,她没有抵触,她也许知道他是一种什么样的男人,并且汪丽生前一定跟她讨论过他。所以他没有必要遮掩自己,并且,相比于死者,他现在认识了一个新的生命。

从你的脸色并不能看出你有肝病。他说。

她听到他的话,居然有一点感动。她说,我并不担心,在这个世上,每一个人都不是多余的,我们要感谢上苍的是,我们还活着。

66　小红

　　任广明到样绿村去,记得那一次他搬把椅子坐在那棵大树下的时候,也许样碧、样绿这两个村子的一些人就会站在自家的屋顶上看到他,而现在他是径直走进这个村子的。

　　他给拖拉机手小叶的女朋友小红打过电话,他跟她说,我到你们家来看看。

　　小红很激动,她是非常信任他的。这个他也知道,而且他认为这是一个了不起的郊区女孩,即使自己的男朋友摊上了这样的事,她也没有倒下,不仅没有倒下,而且她在奔走,她在拯救她的男朋友。

　　这是一种什么样的精神境界。

　　你可以在我家吃饭。她说。

　　小红的母亲是个不善言辞的人,尽管这样,小红母亲的话比小红父亲的话要多一些,她父亲几乎是个木讷的人,当然也许这只是因为他这么看,女儿和女儿的男朋友现在这种样子,他们没有办法像正常人那样。

　　我妈去给你买肉了。小红说。

　　随便什么菜都行。他回过头说。车子就停在机耕路上,因为是越野车,所以可以从老合淮路开进来。小廖还坐在车上呢。

他没跟小廖讲他要在这家人家里吃饭。

但是,他一看到她家里的样子,他就决定他不拒绝小红留他吃饭的邀请。

小红父亲在厨房里烧水。房子是平房,但已经预留了楼板,可以往上继续盖。当然,小红是要嫁到拖拉机手家的,那么小红家的楼也就不是盖给小红用的。

他坐在大桌边的长凳上,长凳非常笨重,木门敞开,上边的对联还很醒目。

他能看到正屋中堂的画,是那种乡村普遍有的画。

家里只要一生火,就会有油烟。

他说,小红你很了不起。

她母亲回来了,马上开始做饭,她父亲打下手,他和小红就坐在大桌旁说话。

你在这吃饭,我父母反倒有点不好意思了。小红说。

小红家里比较穷的,这从家里的摆设就能够看出来。

小红父亲在他的邀请下,也终于到大桌旁坐下来。他对小红父亲说,你们家小红是个不一般的女孩子啊。

她做不来事,讲不来话。她父亲说。

其实明显是她父亲自己讲不来话。

小红低头。

出了这种事,也不要紧。跟你讲吧,我一直办案子,什么人都见过,什么事也都见过,所以我讲小叶这事,你们也别太感到麻烦。

66 小红 | 293

他说。

老头子有点发抖,大概是有情绪的。

跟你们讲,没有事,天塌不下来。他说。

小红到厨房帮母亲弄一个菜,他就跟小红父亲两个人在那抽烟,一支接一支的。

菜都烧好了,摆了一大桌子。

小红母亲说,任警官到我们家吃饭,我们没有像样的饭菜。我们家虽然也不穷了,但是比不上你们,你们公家人,什么场面没见过?我们这样子,丑啊。

他害怕她母亲这样正经地对他,因为他到小红家吃饭,这本身并不是特别讲得通的事情。

所以他说,我之所以留下来吃饭,是因为我确实觉得小红这人不错,我是来跟你们讲,小红这人不容易,她几次到局里找我,哪有一个女孩子像她这样的,这是什么人才能做到的?他说。

小红给她父亲还有任广明倒酒。她父亲坐在上沿,任广明坐西头,她母亲坐东头,但略微靠向上沿,小红挨着她母亲坐,但已经快至下沿的边角了。

桌上的锅子热气腾腾的。

任广明举起杯子,对她父亲说,老伯,我敬你。

老头子没说话,把酒喝了,其实老头子也许年龄并不老,但在任广明看来,小红父母都很衰老。

老头子把酒喝下去之后,声音就重了,他说,狗日的个东西。

他知道老头子在骂小叶。

当然,现在讲这个还有什么用呢?

小红把酒杯举起来,对任广明说,任警官,你能留下来吃饭,我都不知道讲什么好了。她哽咽了。

这个狗日的东西。她父亲又骂了一句。

小红对她父亲说,爸,你不要再这样了。

小红爸爸自己喝了一大杯酒,没有吃菜,呆呆地坐在那。

小红母亲给任广明夹菜。

任广明说,事情都过去了,也不过就这么个事。

他没有办法在这个场合讲小叶,但也没有什么。

小红父亲还在那骂,小红母亲就把他搡到外边去了。

小红母亲在外边陪老头子坐在树下,大桌边只剩下小红和任广明。

就是难听。她说。

奸尸。他说。

太难听了。小红说。

问题就在这里吧,你怎么做到的呢?小叶这样做,你还在为他努力。他问。

她说,他其实本来不是这种人,我了解他,但我也没有办法解释他为什么要奸尸。你想想,他为什么要奸尸呢?

他心里在想,小红她已经说了她不相信他会那么干,那至少说明她和他是和正常人一样的,他们在努力打工挣钱,想成家,想过上好的生活。

真没有想到会是这样。他说。如果抓不到胡进,事情就麻烦了,但抓到了一个叫胡进的人。现在好了,也就这样了。至于奸尸,也就停在这吧。他说。

他记得局里以及自己都已经反复核验推演过案情了。

在小红来牵走那头牛之前,胡进已经用牛驮走了汪丽的尸体,所以当她牵着那头她男友嘱咐她牵走的牛时,她实际上牵着的是一头驮走她男友强奸的那个女人尸体的牛,那么她现在是怎么想那个场景的呢?

当然,也许她从来就是没有选择的,即使她男朋友干出那样的事。她不相信,并且她在为他努力、为他挣扎。

她和他的生活还要继续,她解释不了小叶为什么要这样做,解释不了也不意味着什么,生活本身就包含这样永远也解释不了的部分。

67　小红

那天,他刚坐下来,就是坐在大桌边的时候,他就改变决定,他要留下来吃饭。

因为他在桌角——胳膊撑着的地方被硌了一下,是一只细小的黑色的发夹,在发夹的尾部有着和他在六角亭北坡那儿捡到的发夹一样的波纹,几乎是一样的发夹。他知道事情出现拐点了。

小红走了进来,他看见她头发上,在左耳上边靠额头的地方也别着一只这样的发夹。他用手捏着桌角的发夹。小红去外边了,老父亲跟他抽烟。他捏着发夹的尾部,波浪纹路很小,但跟他捡到的被他无数次摸过的那一只几乎是一样的,略向前又挺了一小点波浪,工艺上的顺序是一样的。

他知道事情就是这样的。

所以那天,他对小红说,每个人都不容易。

他们已经吃完饭,她父母在门前的稻场上。她送他出去,沿着小路缓缓地走着。

他说,我最近穿上了中山装。

啊,现在很少有人穿了。小红说。

可是,我不是学钢琴吗?有个老师,对我不错,帮我挑的。他说。

那你就穿吧。小红说。

搞得好像她要改变我的生活似的。他说。

小红说,确实,你好像需要人照顾吧。

但,我感觉不怎么好啊。他说。

一个弹钢琴的老师肯定很有涵养吧。小红说。

这个倒也不一定。他说。

你穿中山装也一定很帅吧。至少你那个老师会认为你帅,所以她才让你穿的。小红说。

村子四周都很安静。路上也没有什么人。

但是,小红,我跟你讲,我还是不大喜欢别人来管我的生活,所以不是穿不穿中山装的问题,而是我不能这样,我要让她知道我不能忍受这一点。他说。

怎么了?小红问。

他说,这老师姓高,她居然离婚了。

那她真是为你好,她是为你离婚的吧?小红问。

他不认为他对小红说得多。

生活中有毛病的人又不止我一个。他说。

小红见他这么说,就劝他,人家是真的为你好。

他说,那不行,我还是不能容忍,我不能这样,即使她为我离婚也不行,不行就是不行,我不能跟她怎么样。

为什么?小红问。

他说,不为什么。

他们走了很长一段了,几乎都难以确定要不要离开这里了,他是很难过的。

他说,在这个案子中,还有一个叫程军的人,你知道吗?

小红说,听到一点点。

哦,你还挺灵的啊。他说。

小红说,不是有律师吗?

任广明知道到这个阶段了,各方都有律师了。这是一个影响巨大的案子。

他说,对,就是那个程军,他不是一直都跟踪女人吗?

这是他一大习惯啊。小红说。

那个下午,24号,他下了高铁,你明白吧?一个大男人,跳下了高铁,沿着铁轨,向南方行走,你说这人疯不疯?他说。

真不知道他怎么能这样。小红说。

但是,我们调查过,在那漆黑的田野中,他确实这样向南走。你说但凡是个人,是不是就从来没有一个是完全正常的呢?

68　汪 丽

小红被抓了。

这是第二天,也就是他去她那吃饭的第二天的事。

在六角亭北坡捡到的那个发夹,从小红家饭桌拿走的那个发夹,抓捕小红时从她头发上取下的那个发夹,甚至从她家抽屉里找到了另外几个在一个纸板上夹着的发夹,就是黑色的最常见的那种,六个发夹都在尾部有波浪造型。

都是小红的发夹。

小红到过六角亭。

小叶停下拖拉机,上了六角亭,见到挨在立柱上的汪丽,他扒开她的裙子,然后一下子就进入了汪丽。

汪丽却突然哽动了喉部,痉挛了一下,然后睁开了眼。他在很弱但足够看清汪丽的一切的视域中,看到这个女人,看到了一个让他最惊恐的眼神,他人生从未遇见过的眼神。他伸出双手,牢牢地卡住她。这个刚刚复苏,恢复呼吸的汪丽,最终别过头去,彻底失去了生命。

那个叫胡进的人,在这之前的四十分钟,用力地掐住汪丽,并使她向后仰。汪丽无法用力,挣扎了几下就停止了呼吸,其实只是气道被抑制了。胡进以为她死了,就将她放在立柱旁,然后逃走了。

胡进再次回到六角亭,虽然发现死者位置有变化,但没有多想,用那头机耕路上的牛,驮走了汪丽的尸首,并抛进了安丰塘。

而小叶在七点多一点点时,赶回村子。他在村口就碰到了小红,但他没有多说话。大概在十点四十分,他和小红一起到了六角亭,由于惊慌,他们甚至没走台阶,而是从北坡爬了上去。

到了亭子,没有见到尸首。

小叶对小红说,我刚刚杀了一个人。

小红问他,什么人?

他说,不知道,现在说什么都晚了。我一时兴起,起了念,干了那种事。这人好像睡着了一样,但中间醒了,我就掐死了她。

那现在人呢?小红问。

她又说,也许是跑了。

小叶说,这不会,她肯定是被我掐死了,我掐了很长很长时间。

小红是以包庇罪被逮捕的。